QUERIDA MADRASTRA

Si el sexo es tan bueno, ¿es solo sexo?

SAM GREEN

ATENCIÓN: Este libro está destinado a personas mayores de 18 años, ya que contiene escenas sexualmente explícitas y está destinado únicamente al público adulto. Si no quieres leer escenas de sexo explícito y lenguaje vulgar, esta no es tu novela, por favor, no la compres. Si por el contrario quieres vivir una experiencia de alto contenido sexual, busca un sitio cómodo y disfruta de esta fantasía. Seguro que no te arrepentirás.

Todos los eventos que tienen lugar en este relato son ficticios, por lo que embarazos no deseados o enfermedades de transmisión sexual o por practicas antihigiénicas no ocurren, a menos que formen parte de la historia. En la vida real, tener sexo sin protección puede tener graves consecuencias permanentes; por favor, recuerden esto y siempre usen protección adecuada y hagan pruebas necesarias para asegurar que su pareja o ustedes mismos no sufran los estragos que pueden surgir de una enfermedad venérea, una practica antihigiénica o un embarazo no planificado.

CONTENIDO

PRÓLOGO

Tenía doce cuando mi madre se largó con su amante, cansada tal vez del poco caso que le hacía mi padre siempre concentrado en sus negocios. Su secretaría de aquella época, Raquel una rubia cañón con unas tetas y un culo propios de una diosa nórdica, una jovencita que podría ser su hija lo fue embaucando y paso con él tiempo de ser su amante hasta convertirse en su esposa tras quedarse embarazada, para después "perder" misteriosamente al bebé. Así que con quince me encontré con una madrastra controladora: lo "mejor" que le puede pasar a un adolescente.

Lo nuestro fue odio a primera vista, la primera vez que nos vimos me acarició la mejilla y me llamo "su nene" pero sus gélidos ojos marrones enviaban otro mensaje: ella estaba al mando ahora y yo era un obstáculo para que ella heredase la fortuna del viejo. Desde que mi madre se largo yo había vivido a mi puta bola: estudiaba lo justo para aprobar y me pasaba el resto del tiempo por ahí disfrutando de mi libertad. Con mi madrastra eso se acabó, con el permiso de mi padre comenzó a controlarme y a reducir severamente mis salidas. A pesar de quejarme amargamente a él las pocas veces que pasaba por casa no obtuve nada, la zorra de mi madrastra era tan dulce con él como dura y despiadada conmigo, me decía que en él futuro debería prepararme para dirigir la compañía de mi padre pero yo creo que lo hacía para putearme. Parecía disfrutar morbosamente haciéndolo, al principio cuando creía que no me veía espiaba su belleza escultural, en especial cuando nadaba en la piscina interior. Era todo un espectáculo ver aquel cuerpo perfecto moverse con elegancia en el agua y cuando salía de ella las gotas lamían aquellas formas perfectas provocándome un buen calentón en mis revolucionadas hormonas..., hasta que un día me pillo y me dijo:

—¡Aparta tu ridículo pito de mi vista cerdo degenerado!, ¡se lo voy a decir a tu padre!

Durante unos días lo pase francamente mal imaginando el castigo al que me sometería mi viejo pero sorprendentemente cuando un día apareció no ocurrió nada... Al irse respire aliviado hasta que mi madrastra se me acercó y dijo:

—Escuchame bien cerdo degenerado: aquí mando yo, así que a partir de ahora harás todo lo que te diga o voy a hacer de tu vida un autentico infierno.

CAPÍTULO 1

Me convertí en poco menos que su criado y el de sus amigas cuando le visitaban: nene haz esto, nene traenos bebidas... Mientras ella y sus amigas se burlaban de mí, al principió ella se dedicaba a provocarme sexualmente para luego tratarme como a un cerdo apestoso hasta que llego el punto en que ni enseñándome sus espectaculares tetas y trasero (a veces nadaba en tanga) conseguía una reacción por mi parte pues el odio anulaba mi libido. Entonces paso a tildarme de impotente u homosexual a solas o frente a sus amigas. Solo se portaba correctamente en presencia del viejo lo que para mi desgracia eran contadísimas ocasiones. Empezó también a limitar arbitrariamente mis salidas solo por joderme, encerrado en casa probé primero a estudiar más con la esperanza de que la mejora de mis notas me permitiera más libertad. Me salió el tiro por la culata ya que la muy puta le "vendió" a mi padre que la mejoría de mis notas se debía a su disciplina y este encantado le dio aún más poder sobre mí. Siempre tuve la impresión de que era solo un estorbo para mi padre pero esto último me lo dejó meridianamente claro: odiaba a ese cabrón y juré que me vengaría de ambos.

Lo primero que hice fue estudiar menos pero en cuanto llegaron mis nuevas calificaciones a la baja la zorra me cogió por banda y me dijo:

—¡Escuchame niñato de mierda!: tú ahora no me vas a dejar en evidencia frente a tu padre, así que te vas a dejar el culo estudiando o te juro que lo lamentaras.

Y vaya si lo hizo, me dejo sin mi play y ordeno instalar en mi ordenador un software de control parental que además de impedirme ver el tan necesario porno me impedía chatear con los amigos y los juegos online convirtiéndome en un monje de clausura. No tuve más huevos que obedecer y estudiar como un cabrito hasta recuperar mis calificaciones. Solo entonces la zorra me permitió algo de libertad y empecé a salir de mi Guantánamo particular. Todo aquel tiempo en casa además de para estudiar me permitía hacer otras cosas como espiarla, empecé en mi periodo de mayor reclusión, en busca de material para mis pajas, miraba en el cesto de la ropa sucia sus braguitas y cuando salía y no estaba el servicio me colaba en su cuarto espiando en sus armarios, así es como descubrí un día al fondo del cajón de su lencería un vibrador de grandes dimensiones. Era evidente que era mucha puta para mi viejo y desde entonces traté de pillarla masturbándose sin éxito. La zorra parecía una esposa modélica pero yo sabía que no era cierto y algún día lo demostraría.

Cuando mis calificaciones volvieron a ser buenas terminó mi periodo de reclusión y pude comenzar a salir. Lo primero que hice fue comprarme una spy cam, si aquella puta volvía a recluirme quería garantizarme el suministro de porno y aprovechando una de sus numerosas salidas la coloqué en su cuarto escondida entre unos portaretratos en una estantería elevada, que, ha juzgar por la cantidad de polvo que acumulaban el servicio se había olvidado de ellos. La enlacé a través del wifi con mi portátil, esperaba rentabilizar los doscientos euros que me había costado. Pasó más de una semana sin nada interesante salvo algunos desnudos demostrando que Raquel estaba aún más buena de lo que creía..., hasta el día que todo cambió.

Era miércoles cerca de las cuatro, acababa de comer después del instituto en compañía de mi "queridísima" madrastra y me encerré en mi cuarto para revisar la grabación de aquella mañana esperando que por fin le hubiese dado uso a su vibrador. Pero no fue eso lo que me encontré sino algo mucho mejor. El miércoles era el día en que el servicio libraba por la mañana y supongo que por eso lo había escogido la zorra. La pantalla de la grabación mostraba la habitación donde mi madrastra y un joven musculitos charlaban animadamente mientras se acariciaban, las ropas pronto desaparecieron y las manos de ese tipo comenzaron a sobar ese culo majestuoso de mi madrastra mientras se morreaban y ella le acariciaba el rabo. No me lo podía creer: ¡mi madrastra era una puta que le ponía los cuernos al viejo! Las manos de ese joven amasaban su dulce culo con suma maestría mientras ella le pajeaba con lentitud y se comían la boca con ganas. Mi polla estaba dura al ver lo puta que era.

El musculitos con un leve movimiento le abrió un poco más las piernas a mi madrastra mostrando sus abultados labios vaginales pidiendo a gritos ser atendidos. Sin embargo él con movimientos circulares tan solo los rozaba pero nada más. Volvió a subir para sobar sus tetas lo que arrancó un gemido ahogado de mi madrastra cuyos ojos lo miraban con un brillo de lujuria incontrolada.

Él comenzó a estrujar esos pechos duros y tiesos pidiendo guerra y a introducirse esos pezones en la boca. Mi madrastra estaba fuera de sí y él musculitos no dejaba de manosear su cuerpo, mientras que ella hacia lo mismo con su polla y con la otra mano la pasaba por la espalda, el pecho y los glúteos; ninguno de los dos se estaba dejando un centímetro del cuerpo del otro por explorar. Ella se arrodilló frente a él, se aferró a su polla, se la metió en la boca y empezó a chupar cada vez más rápido y más fuerte. Si seguían así no sé lo que aguantaría esa tipo sin correrse, la puta de mi madrastra debió de darse cuenta ya que levantándose se tumbo en la cama y arrastrándolo con ella apunto a la entrada del coño, se abrió de piernas al máximo y el de una estocada se la introdujo entera de un solo golpe.

Así estuvieron varios minutos que para mí fueron como segundos, sentía una punzada en mi interior pero no sabía muy bien si era rabia por la actitud de mi madrastra o celos por la suerte que tenía ese hijo de puta de follarse a una hembra como ella.

Al poco el musculitos con la espalda completamente perlada en sudor y a pleno pulmón aviso a mi madrastra que se corría, a lo que ella le contestaba que también estaba a punto, que no parase, por lo que tras varias embestidas más fuertes que las anteriores acabaron corriéndose al unisonó.

Ambos se quedaron inmóviles, podía ver como esos dos cuerpos estaban fundidos en un abrazo y seguían acoplados mientras mi madrastra jadeaba de manera ostensible él le daba pequeños mordisquitos en el cuello, en el lóbulo de la oreja derecha y le seguía amasando las tetas hasta que se tumbo a un costado de ella para descansar. Mi madrastra salió de la habitación y regreso con unas bebidas, pasé la imagen a cámara rápida lo que debió ser una medía hora hasta que se recupero la acción.

El musculitos ahora la había puesto a cuatro patas encima de la cama y le daba cachetadas en el culo de manera que hacía no solo que fueran sonoras sino que se podía ver como cambiaban a un color rojizo intenso, la cogía de los pelos haciendo que esta arquease la espalda y pudiera ver el baile de sus pechos a cada embestida de él, la penetraba con mucha violencia, de repente mi madrastra comenzó a animarlo, el extasiado como estaba la penetraba con toda la rapidez y fuerza de la que disponía y las tetas de ella se bambolearan de un lado a otro con la misma violencia. La posición que tenia hacia que el culo lo tuviese en pompa quedando su coño completamente expuesto a las embestidas brutales. Él hizo un parón, estaba bañado en sudor y comenzó a darle fuertes nalgadas y a introducirle un dedo en el culo, ante lo que esta protesto, pero no hizo mucho caso y siguió profanando ese agujero, cuando lo considero oportuno, le saco los dos dedos y echándose encima del cuerpo de mi madrastra para inmovilizarla y evitar que se pudiese escapar, apunto el capullo de su polla en la entrada de su esfínter y de un solo golpe le introdujo todo el glande en el ano. Mi madrastra gritó de dolor y se quedo inmóvil, el musculitos aprovecho para decirle que iba a profanar el último de los agujeros que le quedaban por catar quisiera o no así que le aconsejo que se relajara o de lo contrario iba a sufrir mucho. Tras este breve paréntesis comenzó a follarse ese culito de forma suave y cadente hasta que los huevos hicieron tope y entonces se quedo un segundo inmóvil como queriendo disfrutar ese momento.

Mi madrastra no se movía, estaba inmóvil se apretaba fuertemente a las sabanas como si eso aliviara el dolor que le estaba profiriendo y en parte eso me alegraba, digamos que era el castigo que estaba recibiendo mi madrastra por humillar al viejo.

Tras ese pequeño parón, el musculitos volvió a la carga y comenzó nuevamente un fuerte y rápido mete saca que hacía que mi madrastra gritase como una loca y le dijera que parase, más despacio que la iba a partir. Lejos de aminorar o tener compasión de ella parecía incrementar la rapidez y violencia de la follada, mi madrastra intentaba separarse de él pero le era imposible, el era mucho más fuerte que ella y estaba en una situación inmejorable para dominarla. La verdad era que la cara de él daba miedo estaba como poseído, con la mirada llena de lujuria y desenfreno, y mientras con una mano inmovilizaba el cuerpo de mi madrastra con la otra aferraba uno de sus tetas con una fuerza que parecía que fuera a arrancársela.

Al cabo de un rato y bufando como un animal, dio las ultimas embestidas al culo de mi madrastra y se corrió abundantemente en las entrañas de esta, se salió, se tumbo a su lado y estuvieron besándose mientras de su dilatado ano salían los restos de su corrida. El se vistió y se largo mientras mi madrastra se pegaba una ducha.

Cerré el vídeo y lo guarde en un servidor de la nube con reloj cuenta atrás, tendría que reiniciarlo cada 48 horas o el vídeo se publicaría en una conocida web. Esta era mi carta maestra, me puse a pensar que aquello no parecía un hecho puntual así que decidí no usarlo aún contra la zorra. Esperaría a reunir más pruebas, con suerte el próximo miércoles las tendría.

El resto de la semana fue aburrida salvo por la gran cantidad de pajas que me hice con el vídeo, imaginando que era yo el protagonista y trazando planes para "disfrutar" adecuadamente de mi madrastra.

El siguiente miércoles regresé del instituto ansioso por ver si tenía razón, me costo mucho no echar un vistazo antes de comer pero sabiendo que podría pillarme con las manos en la masa tuve que esperar hasta después de comer.

Otra vez mi madrastra y el musculitos en su habitación morreándose en pelotas, pero esta vez no estaban solos; otro musculitos de gimnasio la estaba abrazando por la espalda y sobando todo su cuerpo. Ella completamente desnuda con los ojos cerrados y cuando no estaba riendo de forma nerviosa le comía la boca con total devoción y sobaba el rabo de ambos. No me lo podía creer, era evidente que mi madrastra estaba encendida de deseo, y sin remordimiento de ningún tipo por lo que estaba haciendo en ese momento, dejándose follar por aquellos dos tipos y poniéndole los cuernos al viejo.

El más veterano cogió a mi madrastra por el brazo y la hizo arrodillarse dejando su enorme rabo a escasos centímetros de la cara de esta, que se lo introdujo en la boca comenzando una mamada frenética, como si no hubiera un mañana.

Mientras mi madrastra le hacia un buen trabajo, el otro le cogió una mano para obligarla a masturbarlo a escasos centímetros de su cara, estaba claro que el veterano estaba al mando, con un pequeño gesto y sin que mi madrastra se diese cuenta el pajillero se acerco a ella, se tumbo a su lado en el suelo y levantándole una de sus piernas se coloco debajo de ella.

Mi madrastra en cuanto sintió la lengua de su nuevo amante dejó de comerle a polla al otro para poder gemir y disfrutar lo que parecía una buena comida de coño. Echó las manos a los cabellos del musculitos que estaba en el suelo y comenzó a mover de forma circular su cadera lo que producía que todo su sexo se frotase salvajemente en la cara de ese hombre que lejos de rechazar parecía embrutecerlo más.

El veterano volvió a coger a mi madrastra de los cabellos y le soltó una bofetada que hizo que la mejilla que recibió dicho impacto se pusiese colorada. Ella abrió la boca para protestar y le introdujo su polla de manera violenta y sujetando su cabeza comenzó a follarse la boca con un frenesí y una violencia brutal. Dudaba que ella en ese momento estuviese disfrutando, la soltó de golpe y vi como daba una gran bocanada de aire, tras esto comenzó a toser y a babear. El veterano le dio una patada a su amigo que estaba en el suelo y que en ningún momento había dejado de comer el coño de mi madrastra y este se incorporo. Levanto a mi madrastra cogiéndola por las axilas y el amigo rápidamente se puso detrás de ella. El veterano le frotaba bruscamente con toda la palma de su mano en el coño y esta se agarro fuertemente a su torso y puso el culo en pompa para que el amigo le metiera un dedo en su culo. Estaban jugando con ambos agujeros de mi madrastra y ella parecía estar en la gloria.

Al cabo de un rato el veterano nuevamente le indico a su amigo unas referencias que no pude entender, el amigo se tumbo en la cama y quedo a la espera de que David de manera muy profesional y diestra colocara a mi madrastra de tal manera que ella misma se metió todo el rabo de su amigo de un solo golpe. Mientras el amigo seguía inmóvil ella lo cabalgaba, el veterano nuevamente le coloco su polla a escasos centímetros de la cara, y cogiéndola de los pelos se la volvió a introducir en la boca, follándosela moviendo la cintura de adelante atrás. Después de un rato así, el veterano le saco la polla de la boca y vi como mi madrastra tenía un intenso y prolongado orgasmo que la dejo algo desmadejada y relajada en el pecho del amigo; que estaba tumbado en la cama y que seguía penetrándola de forma rítmica y cadente. El veterano dejo un segundo que su colega disfrutara de la puta para después indicarle que la sujetara.

Dicho esto el amigo dejó de moverse y sin sacarle la polla de las entrañas de mi madrastra la abrazo contra su pecho para que el veterano colocase la polla sobre el esfínter de mi madrastra. ella al prever lo que iba a pasar intento protestar, de poco le sirvió porque haciendo caso omiso y con un certero golpe de cadera le introdujo el glande en el culo. Mi madrastra al sentir la invasión del enorme rabo dio un grito ahogado y abrió los ojos como platos, él se quedo un segundo quieto disfrutando del momento y después, con otro golpe seco de cadera le introdujo un pedazo más de su polla en su culo. Mi madrastra dio un alarido y cerrando los ojos comenzó a respirar de forma entrecortada.

El veterano volvió a asestar un golpe seco de cadera para esta vez introducir el total de su polla en su culo, sus huevos estaban haciendo tope en el culo de mi madrastra, ahora los tres estaban inmóviles. Hasta que el veterano comenzó a follársela por el culo de forma suave, el amigo dejo de sujetar a mi madrastra para comenzar a sobar y mordisquear sus tetas, mientras que el enculador poco a poco comenzaba a incrementar el ritmo.

Al cabo de un rato, mi madrastra ya no respiraba con dificultad, es más estaba empezando a gemir de gusto y de su boca comenzaron a salir todo tipo de obscenidades, animaba a esos dos desgraciados a que no parasen.

El cambio que estaba dando mi madrastra y el hecho de animarles hizo que tanto el veterano como su amigo se olvidaran por completo del cuidado de mi madrastra y ambos comenzaron a pensar en su propio disfrute, comenzaron a incrementar el ritmo de sus folladas, lo que provocaba que todo el cuerpo de mi madrastra se convulsionara. Sus pechos se bamboleaban sin sentido cuando no eran sobados y pellizcados sin compasión por sus amantes, arrancándole gritos de placer y dolor constantemente.

Parecía que nunca iban a terminar de correrse, sus cuerpos estaban sudorosos y los gritos de mi madrastra cada vez eran más placenteros. Estaba claro que esa pareja de cabrones no era la primera vez que hacían un sándwich a una mujer ya que la compenetración era perfecta.

Al poco rato ambos machos y casi al mismo tiempo comenzaron a bramar y a decirle todo tipo de guarradas y obscenidades avisándola de que se corrían e iban a inundarle todas sus entrañas.

Al poco vi como el veterano convulsionaba llenándole el culo de semen y lo propio estaba haciendo su colega en el coño de esta.

Tras esto los tres quedaron inmóviles un rato, hasta que nuevamente cuando el veterano pareció recuperarse le saco del culo su polla. El ano de mi madrastra estaba completamente deformado y abierto y podía observarse como varias perlas de semen salían y caían por sus muslos.

Entonces se dirigió a donde tenía su ropa, saco unas esposas y un pañuelo negro, y dirigiéndose a mi madrastra, la cogió del brazo y la obligo a levantarse. Esta sonriéndose fue directamente a buscarle la boca, mientras él le pasaba las esposas a su amigo que rápidamente se levantó y se fue acercando a mi madrastra sigilosamente mientras que el veterano le colocaba suavemente el pañuelo en los ojos de esta.

Mi madrastra se reía y le preguntaba al veterano que estaba haciendo ahora. Él no respondía, pero poco a poco le levanto los brazos mientras le mordisqueaba esos pezones duros que aún estaban pidiendo guerra. Él bajaba lentamente su mano hacia su coño pero cuando estaba a punto de llegar se levantó y con un movimiento rápido le colocó las esposas por las muñecas a través de los barrotes del cabecero de la cama.

Ahí estaba mi madrastra completamente desnuda con los ojos cubiertos por un pañuelo negro e inmovilizada, moviendo sensualmente sus caderas como si estuviera esperando que uno de sus machos la embistiera en cualquier momento e incitándolos a hacerlo.

Sin embargo en cuanto el amigo la inmovilizo se apartó y comenzó a vestirse, mientras que el veterano volvió acercarse a mi madrastra se colocó entre sus piernas y cogiéndole del pelo la atrajo hacia él, lo que hizo que su culo sintiera su rabo y de forma automática comenzó a moverse para frotarse con su miembro. Él sonrió y miro hacia la puerta de la habitación, hizo una señal y dos tipos desconocidos aparecieron en escena.

Cuando estuvieron a escasos centímetros de ellos, él les indico que no hicieran ruido y acercó sus labios al oído de mi madrastra. Le indico que ahora era momento de realizar una de sus fantasías y de ver como gozaba con un desconocido.

Mi madrastra se quedo un poco parada, no entendía lo que acabada de decirle o no quiso entenderle, para después protestar. Los dos tipos eran mayores, tal vez de la edad de mi padre, con algo de barriga y feos. Seguro que nunca se habían follado a una jaca como mi madrastra, el veterano alzó la mano y los tipos le soltaron varios billetes de 100€. ¡Estaba prostituyendo a mi madrastra! ¿Lo sabría ella? Quería creer que no aunque no sabía hasta donde llegaba el vicio de esa puta. Desde luego este vídeo era mejor que el otro, sencillamente demoledor. Con él la tendría a mis pies.

El veterano, se volvió a acercar a mi madrastra, y comenzó a sobarla para que esta no perdiera su calentura, mientras trataba de convencer a mi madrastra de que lo iba a pasar genial.

Ella poco a poco comenzó a flaquear y pareció aceptar, yo estaba seguro de que mi madrastra estaba poniéndose muy cachonda con la nueva idea o simplemente interpreto que era un juego de este para hacerla creer que no era él.

El caso es que cuando lo considero oportuno le hizo señales al primero de los viejos, que rápidamente y sin decir una sola palabra se desnudo y se coloco detrás de mi madrastra y de forma algo violenta y ruda le introdujo su polla en el coño y comenzó a follársela a un ritmo endiablado, mientras se aferraba a sus caderas.

Vi como el amigo se corría abundantemente en el interior de mi madrastra, ya iban tres y como se aferraba ahora a sus tetas mientras que su polla iba perdiendo su vigor y se separaba de ella para subirse los pantalones y mirando al otro viejo con cara de felicidad le indico que era su turno. Allí estaba ella, nerviosa inquieta a merced de 4 sátiros y salidos completamente cegada y disfrutando del sexo más salvaje que yo jamas había visto en Internet. Puso una mano en su culo, ella al sentir ese roce pareció asustarse y dio un pequeño respingo, preguntando si era Jonas (el veterano), sin hacer caso a su pregunta colocó la otra mano en la otra nalga y comenzó a sobarlas lentamente, disfrutando el momento. Comenzó a darle unas suaves cachetadas en sus nalgas, las abría y cerraba quedándose maravillado ante la dilatación que este agujero tenia, mi madrastra nuevamente pregunto si era Jonas, este se acerco a su oído y le dijo que se tranquilizase que el estaba allí con ella y que disfrutase de ese momento.

El viejo comenzó a darle pequeños mordiscos en su cuello, al hacer esto ella sintió como su polla se frotaba en su culo y ella al igual que había echo con Jonas comenzó a moverlo para sentir toda su excitación y darse placer.

Aprisionó con sus manos esas dos tetas que tantas pajas habían provocado en mí estos últimos días y comenzó a juguetear con los hinchados e irritados pezones por toda la caña que habían recibido. Poco a poco sin soltar una de sus tetas bajó su mano directamente al coño frotándole el clítoris, a lo que mi madrastra comenzó a jadear de forma evidente, el viejo sin dejar de estimularle el clítoris comenzó a introducirle su polla en ese dilatado y encharcado coño. Empezó a follarla, ella movía la pelvis con movimientos circulares haciendo que se compenetraran en cada movimiento como si llevaran toda la vida haciéndolo, no estuvo mucho tiempo así, pareció pensárselo mejor se la sacó del coño para metérsela en el culo, ella en un susurro casi imperceptible le dijo que con cuidado que lo tenía muy dolorido e irritado, así que se lo fue introduciendo de forma suave.

Cuando le introdujo la totalidad de la polla, se quedó inmóvil un segundo, ella gemía, con la respiración agitada, podía ver como su pecho se hinchaba buscando el aire. Comenzó a follarse el culo como si no hubiese un mañana, ella berreaba, intentaba escaparse pero era imposible la tenia aprisionada contra la cama y cogida de las caderas para evitar que se moviese. Debido a sus embestidas sus pechos se movían libremente, parecían tener vida propia.

Estuvieron así un buen rato, hasta que vi como mi madrastra se agitaba debido a otro intenso orgasmo al que llego; y al poco rato el viejo se corrió en el culo de mi madrastra. Después ambos viejos se vistieron y se largaron, solo entonces Jonas le quito la venda a Raquel y las esposas, ella le recrimino agriamente lo que había hecho hasta que él a base de besos y caricias se hizo perdonar por la puta y se despidieron en paz.

CAPÍTULO 2

Cerré el vídeo y lo subí a la carpeta del otro en la nube con el mismo dispositivo de "contrarreloj". Ahora debía meditar mis siguientes pasos para convertir a Raquel, mi madrastra en mi esclava sexual. Mi padre estaba de viaje de negocios para variar..., así que estábamos solos a excepción del servicio que se marchaba a las seis, tenía un par de horas para prepararme y afrontar la "charla" más importante de mi corta vida.

La cena fue normal, como siempre y como siempre contesté a las preguntas de mi madrastra sobre mis estudios sin dejar entrever la sorpresa que le tenía preparada. Al terminar de cenar le pedí amablemente si podía ayudarme con una tarea que debía realizar con un vídeo. Fui a buscar mi portátil y le puse el primer vídeo en el momento que Jonas y ella empezaban con la acción. Ella se levantó echa una furia y cogió el portátil cerrándolo bruscamente y bramando:

—¿Cómo te atreves a espiarme cerdo asqueroso? ¡Vas a lamentarlo!, ¡olvidate de salir a la calle hasta final de curso!

Yo puse la mejor cara de poker que puede poner un crío de quince sabiendo que mi mano era la ganadora y le hablé con más calma de la que realmente sentía:

—¡Frena Raquel!, ponte tranquila y siéntate. No tengo intención de hacerlo público ni de mostrárselo al viejo si tú y yo llegamos a un acuerdo...

—¡¿Qué clase de acuerdo cerdo chantajista?!

—Para empezar deja de insultarme, en tu situación no te conviene cabrearme. Verás, un joven de mi edad tiene ciertas necesidades...

—¿Qué quieres: salir, dinero? Está bien, entregame el vídeo y te lo daré dinero para salir.

—¿Vídeo?, vídeos querrás decir. El segundo es mucho mejor..., es el de vuestra fiestecita de hoy..., incluidos los invitados.

Raquel lanzó mi portátil al suelo y me espetó de vuelta:

—¡Ahora ya no hay vídeos capullo!, ¡preparate porque te voy a joder la vida cabrón!

—Raquel, Raquel, Raquel, ¡cuanta ira! ¿Para qué?, tú y yo podemos llevarnos tan bien...

—¡¡Estás jodido cerdo!! ¿Lo entiendes?, ¡vas a lamentar haberme espiado! ¡Voy a hacerte sudar sangre cabrón! Había decidido no enviarte a un duro campamento militar de verano en vista de tu buen rendimiento escolar ¿pero sabes qué? Te voy a enviar allí y seguro que los veteranos te convertirán en su putilla. ¡Te vas a hartar de comer pollas y te van a dejar el ojete como la bandera de Japón!

—Lastima de portátil, mañana quiero otro igual. ¿Te crees que soy tan estúpido como para no tener más copias? Me decepcionas Raquelita, yo no soy tan estúpido como tu musculitos ni voy tan salido como mi viejo. Te conozco y se como eres en realidad. Hoy dejaré que te hagas a la idea de quien manda ahora y mañana te explicaré en que consisten tus nuevas obligaciones.

Me marche a mi cuarto mientras ella soltaba por su boca insultos que avergonzarían al más rudo camionero: que se desahogase, así mañana estaría más dócil.

El día siguiente se me hizo eterno en el instituto, algo había cambiado, mis compañeros no por supuesto. Era algo más sutil, mi percepción de las cosas, sus problemas e ilusiones ahora me parecían infantiles. Yo iba a domar a una autentica mujer, casi una diosa, hasta convertirla en mi esclava sexual y por eso las princesitas de mi clase me parecían solo unas crías y mis compañeros, que perdían el culo tras ellas eran tan patéticos..., yo iba a tener una mujer de verdad, disfrutar de unas tetas maduras, un culito respingón y un coño que debía ser el paraíso. No sería fácil, pero el premio bien valía el esfuerzo.

Al llegar a casa me la encontré en silencio, señal que hoy tampoco estaba el servicio. Mi madrastra iba a hacer su jugada, ¿de qué sería capaz? Forcé a mis pies a caminar con calma intentando que no pudiera leer mis miedos en mis movimientos o mi rostro. Estaba en el salón con su look de señora de la casa y una sonrisa. Satisfecha y segura de sí misma, incluso diría que parecía divertida, cuando me vio entrar dijo:

—¡Por fin has llegado!, llevamos mucho tiempo esperándote...

Alguien me cogió con fuerza por la espalda y empujándome me lanzó a los pies de Raquel que acercó su cara a mí y dijo:

—A mí amigo no le hizo ninguna gracia que nos grabaras así que sino quieres que te de una paliza ya estás borrando los vídeos.

—No.

Creo que se esperaba mi respuesta pero no el tono tranquilo en que la formulé.

—¿No?, ¡Jonas!

El musculitos apareció en mi campo visual y cogiéndome de la camisa me alzó a pulso hasta ponerme a la altura de sus ojos diciendo:

—¡Escucha capullo!: vas a borrar esos vídeos o te daré tal paliza que no volverás a caminar y... ¿Qué cojones...?

Entonces lo golpee..., con mi nariz sobre su puño reventándomela y empezando a sangrar profusamente levante mi cara y dije tranquilamente:

—Acabas de agredir a un menor, has roto la nariz a su hijo y te has follado a la mujer del viejo. Mi padre se encargara de que te pudras en la cárcel, pero tranquilo con lo "guapa" que eres seguro que pronto encontraras un novio que te tenga como una reina.

—¡No!, ¡yo no he hecho nada, has sido tú!

—Mi palabra contra la tuya, ¿a quien crees que creerán al chico modélico o al macarrilla?

—¡Ella, ella dirá la verdad!, ¿a que si Raquel?

—¿La puta?, ¿quien va a creer a una puta que se prostituye en su propia casa?

Mis palabras cayeron como puñales sobre aquel macarrilla, no era más que el típico abusón: un puto cobarde. Cuando su cerebro de mosquito junto las piezas se largó diciendo:

—Lo siento Raquel, pero yo no quiero líos, arreglalo tú con él.

El sonido de la puerta de la calle al cerrarse sonó como la sentencia para aquella puta, cuando por fin se atrevió a mirarme a los ojos parecía aterrorizada. Cogí una servilleta para detener ahora la hemorragia, me dolía la nariz pero no era nada comparado con la satisfacción que sentía al saborear esta victoria. No sería la última batalla pero si una de las decisivas. Raquel empezó a hablar:

—Lo siento, yo no quería...

—Lo que tú quieras no importa ahora, estaba dispuesto a ir por las buenas contigo pero...

—¡Por favor!, me portare bien contigo: podrás salir siempre que quieras y te daré dinero...

—¡Ay Raquelita, que obtusa eres mami!, no es eso lo que quiere tu "nene" de ti. Solo quiero un poco de amor...

—Claro Alejandro, seré una madre cariñosa contigo...

Era la primera vez que en privado me llamaba por mi nombre, yo era "el nene" y a ella debía llamarla Raquel salvo en presencia de mi padre donde la llamaba cariñosamente "mami".

—Bien, veo que nos entendemos. Ahora me vas a "demostrar tu cariño", ¡de rodillas!

Mi orden ladrada duramente le causo un estremecimiento y poco a poco se fue poniendo de rodillas frente a mí, salvé los escasos dos metros entre ambos y me bajé los pantalones dejando mi polla morcillona frente a su cara diciendo:

—Ahora puedes comenzar a darme cariño..., con la boca, no uses las manos y no dejes de mirarme.

Por su cara pasaron una serie de expresiones: la sorpresa y la incredulidad inicial por que me atreviese a tanto dio paso a la ira y la negación. En ese momento le "recordé" las consecuencias de su desobediencia.

—Claro que puedes negarte y yo no tendré más remedio que entregarle los vídeos a mi padre... Di adiós a esta vida de lujo Raquel.

Hice ademan de subirme los pantalones cuando detuvo mis manos con las suyas y lanzándome cuchillos con los ojos empezó a tragarse mi rabo.

Era una sensación indescriptible sentir su mirada de odio aquí de rodillas mientras me hacía mi primera mamada. Intentó mantenerme la mirada pero le costó dos intentos conseguir la suficiente fuerza de voluntad para mantenerla y al final, ya sin perder la mirada abrió la boca, cogió aire y se agacho hasta tener mi polla en su boca. Sabía por los vídeos que era buena chupándola pero conmigo no se estaba luciendo, su lengua apenas tocaba mi polla que pese a todo comenzaba a crecer en su boca hasta salir un buen trozo fuera de ella. Esperaba su rebeldía así que solo tuve que ponerle el móvil en las narices y pulsando play mostrarle la parte del vídeo en que se la mamaba al macarrilla de

Jonas y le dije:

—No te estas esforzando Raquel, quiero una mamada como esta, con ganas o tendré que mostrarle el vídeo al viejo...

Aquello fue el incentivo que la puta necesitaba, empezó a subir con su lengua a lo largo de mi rabo, chupaba el glande y jugueteaba con la punta de su lengua sin que yo diese muestras de lo mucho que aquello me gustaba, asustada me cogió de las nalgas y se metió mi polla hasta la garganta de un golpe. ¡Raquel era una puta de categoría!, mi primera mamada iba a ser una garganta profunda. Raquel entendió que yo quería una guarra, cuanto más guarra mejor.

Intentó mantenerse allí lo que sus arcadas le permitían y luego se la sacó. Vio una inmensa sonrisa en mi cara y más tranquila volvió a repetirlo varias veces. No debía agradarle sentir mi polla en su garganta y las arcadas eran terribles pero conseguía recomponerse en cada tragada hasta que al final empezó a mover rítmicamente su cabeza adelante y atrás con mi polla metida todo lo profunda que podía. Sentía como sus manos en mis nalgas se crispaban para conseguir la fuerza necesaria para vencer a su voluntad y meterse mi polla, decidí entonces dar una vuelta de tuerca y emulando lo que había visto en infinidad de vídeos le sujete su esplendida melena rubia y empecé a follarle la boca con fuerza. Ya no era Raquel la que hacía el esfuerzo de metérsela, yo se la estaba metiendo hasta donde podía y mas. Al principio, asustada, Raquel intentó frenarme poniendo sus manos en mis muslos pero en esta posición poco podía controlar. Ya no controlaba los tiempos, las arcadas eran cada vez más fuertes y ella se concentró en respirar para sobrevivir a la violación de su garganta. Cuando vi que empezaba a mostrar síntomas de asfixia, tiré de su pelo hacia atrás y la liberé, dejé que se recuperase un poco sin desviar la mirada y cuando consideré que estaba lista le hice una seña clara, Raquel dudo por un instante y se metió de nuevo mi polla hasta el fondo para continuar con su fabulosa a mamada a riesgo de que fuera yo el que me follase su boca si no quedaba satisfecho con su trabajo. El cambio de ritmo me había venido bien parta evitar correrme demasiado pronto pero ahora su fantástica boca me estaba llevando al limite y la avise de lo que esperaba de ella.

—¡Ahhhh, que boca tienes putita!, entiendo que el viejo babeara por ti. Seguro que se la mamaste muchas veces en el despacho, ¿verdad? Y yo como su heredero es normal que disponga de las posesiones de mi padre, jajaja. Ahora vas a ser una buena puta y te vas a tragar toda la leche que salga de mi rabo. No quiero que desperdicies ni una sola gota, ¿entendido?

Raquel se limito a cabecear asintiendo sin reducir el ritmo de la mamada, creo que ahora que se había hecho a la idea buscaba acabar lo antes posible con la humillación forzándome a vaciar mis cojones en su garganta. No resistí mucho más, me tensé como una cuerda y dando un grito animal me vacié como nunca en la boca de mi madrastra que tuvo que esforzarse por tragarse mi gran corrida de adolescente para después lentamente sacarse mi rabo morcillón completamente reluciente, por lo que la felicité:

—Enhorabuena Raquel, la mamas de vicio, sigue así y tienes el porvenir de puta asegurado, jajaja. Ya puedes levantarte y servir la comida que se nos va a enfriar.

Raquel se levanto y sin decir palabra y mirándome con odio se marcho a la cocina. Yo me subí los pantalones y me senté en mi lugar de la mesa. Por primera vez en privado fue Raquel la que me sirvió la comida y no al revés, sin mirarme ni dirigirme la palabra durante toda la comida. Al terminar le dije:

—Espero que mañana llegue mi nuevo portátil...

Dejé la amenaza en el aire y satisfecho por los resultados me fui a echar una merecida siesta. Sobre las cuatro y aburrido como estaba me lo pensé mejor, Raquel no sabía demasiado sobre ordenadores y si quieres que las cosas se hagan bien... Lo mejor sería que acompañase a "mami" a comprar mi ordenador. La busque por toda la casa y al final la encontré en la piscina nadando tal vez para desconectar. Me acerqué a un lateral y cuando tuve su atención le dije:

—Creo que será mejor que te acompañe a comprar el portátil y como no tengo nada importante que hacer... vístete, nos vamos de compras.

Durante unos instantes Raquel tuvo que luchar para mantener su boca cerrada mientras me miraba con odio, hasta que cerró los ojos y al abrirlos leí su rendición al menos temporal. Tras secarse salimos de la piscina y la seguí a su cuarto, se metió en el baño y escuché el sonido de la ducha durante varios minutos, al salir pareció sorprenderse de que siguiera allí, no parecía saber como vestirse así que yo se lo aclaré:

—No me vas a enseñar ahora nada que no haya visto en los vídeos así que adelante, como si estuvieras con Jonas.

El recuerdo de su amante pareció mortificarla y dándome la espalda se desprendió de la toalla mostrándome por primera vez en persona aquel culo divino que coronaban sus piernas interminables. Se vistió así, dándome la espalda todo el tiempo con lo que solo atrapé retazos de su coño y sus tetas cuando pasaba frente al espejo. Podría haberle forzado a mostrármelo ahora pero tenía tiempo, mucho tiempo.

Desde que tuve en mis manos el primer vídeo empecé a leer sobre la doma de las esclavas, como convertir o sacar a la mujer sumisa que algunas tenían en su interior. No sabía si Raquel lo era, ni siquiera sabía si yo tenía lo necesario para ser un amo pero a falta de algo mejor era el instrumento más adecuado para ejecutar mi chantaje sobre mi madrastra. Disponía de toneladas de información sobre la doma, pero no me hacía ilusiones: la practica sería infinitamente más difícil, sin experiencia previa sería un juego de prueba y error. Un juego que seguramente sería muy placentero para mí.

Fuimos en coche al centro comercial que le indiqué, ella vestía un vaquero, blusa blanca y unas sencillas cuñas. Informal e inaccesible, en el futuro debería exigirle que se pusiera faldas o vestidos escotados para facilitarme el acceso a las partes interesantes. Tuve suerte y en la tienda de informática encontré el equipo que buscaba, bastante mejor que el mío costaba más de 2000€ que la puta debería justificar frente al viejo... Curioseando por ahí encontré unas webcam en forma de muñequito y cargué una docena en la cesta. Raquel prácticamente no habló y se limito a pagar con la tarjeta, estuve tentado de ir a comprarle algo de ropa pero pensé que para ser el primer día la había presionado suficiente. Al llegar a casa le expliqué para que eran las cámaras:

—Te preguntaras para que son las cámaras, ¿cierto? Pasas muchas horas a solas en casa y quiero asegurarme que no vuelves a traerte a ningún macarrilla a casa. Además a partir de ahora tienes prohibido masturbarte, si quieres correrte tendrás que pedírmelo con educación.

—¡Estás loco si crees que...!

—Frena Raquel, sabes que no me gustan los insultos, yo no te insulto a ti, solo te llamo puta porque lo eres. Sino quieres correrte no me lo pidas y todos contentos.

La negación del orgasmo es una de las técnicas más efectivas en el proceso de doma según había leído, además al prohibírselo le haría obsesionarse más con ello porque el ser humano ansía lo que no puede tener.

CAPÍTULO 3

El día siguiente fue normal y al volver a casa estaba el servicio allí pero a las seis como siempre se marcharon y de nuevo tuve que buscar por la casa a mi escurridiza madrastra. Volvía a estar en la piscina, ya me lo esperaba y esta vez en lugar de esperarla en el borde me desnude y me lancé a hacer unos largos.

Desde que Raquel vivía en casa tomo posesión de la piscina interior prohibiéndome el baño, ahora al nadar allí y desnudo se hacía visible el cambio en la balanza del poder. Nadé un buen rato disfrutando del agua y del nerviosismo de Raquel que cuando hizo ademan de irse negué con la cabeza. Así estábamos yo en el agua y Raquel tumbada en la tumbona supongo que para intentar evadirse de mi presencia. Salí y sin secarme me acerqué a ella diciendo:

—Creo que nos tenemos ya suficiente confianza Raquel, ambos nos hemos visto desnudos así que puedes quitarte el bañador. Si tu te recreas la vista es justo que yo también lo haga.

Nuevamente dudas para acabar obedeciendo sin mirarme ni dirigirme la palabra. Sus formidables tetas y su depilado coñito me la pusieron dura al instante, la obligué a volver a sentarse y acercándome entre sus piernas con mi polla a la altura de su cara le dije:

—Estás muy buena mami, mira como me has puesto. ¿Porqué no le das unos besitos a ver si se baja la hinchazón?

Raquel me miró mal pero se trago mi rabo sin decir palabra, sus labios resbalaban a lo largo del miembro arriba y abajo, mientras su boca hacía algo de vació alrededor del glande. Noté que la boca de Raquel cada vez se metía más profundamente mi polla. Cada vez que salía y volvía a entrar notaba que mi glande acababa más profundamente en esa húmeda boca. Raquel me cogió por el culo y siguió metiéndose más aún mi rabo. Ya presionaba contra su garganta y noté que mi madrastra temblaba un poco, estaba haciendo un esfuerzo por tragarse todo mi rabo. Una vez más sus labios se deslizaron a lo largo de mi polla y una vez más, con un terrible esfuerzo y usando sus manos para hacer fuerza atrayéndome hacía sí, se metió mi polla hasta la garganta. Allí se quedó unos segundos para volver a sacársela hasta llegar la glande y allí la sujetó con sus labios y uso su lengua para juguetear con él un rato. Luego dejó mi polla libre y bajo su lengua hasta su base para luego subir lentamente con una gran lamida. Acto que repitió varias veces antes de dar a mis cojones un tratamiento especial con sus labios y lengua. Volvió a subir hasta posicionarse sobre el glande y volvió a abrazar mi rabo con sus labios bajando hasta el fondo, hasta que su nariz choco con mi pubis. Temblaba un poco, no era fácil para ella ir contra sus instintos pero se forzó a hacerlo. Ahora empezó a subir y bajar solo unos pocos centímetros rápidamente de tal forma que mi glande apenas salía de su garganta antes de volver a entrar. Se oían unos rítmicos:"glupglupglup" que tanto me agradaban. Después de un rato volvió a concentrar sus esfuerzos en el glande y en darle largos lametones antes de volver a enterrar mi polla en su garganta una y otra vez.

—Bufff, si zorra. Dios que mamada… estoy a punto de correrme…

Cuando Raquel oyó esto procedió a hacer ese movimiento en el que el glande salía y entraba apenas un centímetro de su garganta rápidamente. Notó como me tensaba y cuando notó el primer chorro caliente golpear su garganta empujo su cabeza hasta enterrar su nariz en mi vello púbico sujetándose con fuerza a mis nalgas y dejó que la polla de su hijastro se aparcara profundamente en su garganta mientras disparaba varias veces su semen.

—Síiii, eres la mejor puta chupapollas del mundo.

Raquel se quedó allí esperando. Aguantando mientras unas lágrimas le corrían las mejillas por el esfuerzo. Esperaba que le diera permiso para sacarse la polla. Un permiso que al principio, deleitándome con la mejor mamada que había tenido, tardo en llegar. Y no había tenido que hacer absolutamente nada. La muy zorra lo había hecho todo ella.

—Genial. A esto me refería. Tenemos que repetir esto más a menudo.

Esa fue la dinámica el resto de la semana: Raquel me hacía unas mamadas de fabula y yo a cambio me corría rápidamente y no la volvía a molestar. Se acostumbró a nadar desnuda en la piscina a pesar de mi presencia hasta el punto que me consideraba un mueble más. Al llegar el fin de semana decidí dar un nuevo "paso" en nuestra relación y al acabar con la mamada (en la piscina esta vez) le dije que se tumbara sobre la tumbona con las piernas abiertas, Raquel se asustó al pensar que iba a follármela. No era esa mi idea, era algo mejor..., o peor según se mire. Desde el día que instale las cámaras en casa accionadas por un software de detección de movimientos estuve estudiando las reacciones de mi presa cuando yo no estaba. No se había masturbado ni parecía necesitarlo, era el momento de empezar a mostrarle la zanahoria: iba a comerle el coño..., o al menos intentarlo. Ella a buen seguro que no sería de ayuda así que entre los vídeos y las sensaciones de su cuerpo durante las practicas tendría que bastar para pulir mi técnica.

—Llevas unos días dándome mucho gusto Raquel, es hora de que yo te lo devuelva...

—No es necesario, yo no...

—Insisto, eres una buena mami y yo voy a ser un nene agradecido, además debo aprender a hacerlo para cuando algún día me eche novia.

Acerqué mi cara entre sus abiertos y temblorosos muslos, era hermosa una autentica diosa y su coño era perfecto, completamente depilado y abierto frente a mi como una fruta madura aunque más seco, mucho más. Comienzo acariciando sus muslos siguiendo dos sencillas reglas: más suave y más lento. Mis dedos acarician primero sus muslos seguidos por mi lengua, empiezo a lamer los laterales de ese delicioso coño con mi inexperta lengua, su sabor y su olor eran diferentes a cuanto había probado, delicioso y perturbador, su cuerpo tiembla a mi contacto luchando por no apartarse cosa que mentalmente le agradezco. Suavemente voy metiéndome sus labios mayores en la boca para succionarlos y con una mano paso mi dedo indice por toda su seca raja sin intentar entrar en ella, sigo solo con mi lengua desde sus labios mayores hacía los menores y cuando miro hacía la parte superior apenas entreveo su clítoris oculto en su capuchón. Mi lengua ignora su sensible bocado centrándose en los labios y en su gruta aún demasiado seca. Está siendo difícil, las mujeres son más complejas que los hombres y es mucho más difícil excitarlas contra su voluntad. Me limito a lamerla durante cerca de medía hora hasta que mis cervicales y mi boca suplican clemencia. Entonces me aparto tratando de disimular mi decepción y me limito a decir:

—Eres la cosa más dulce que he probado.

Regreso a mi cuarto donde me ducho y me visto para después lamerme las heridas de esta mi primera derrota. En la cena seguimos sin hablar, exactamente igual que cualquier otro día salvo por el hecho que creo ver por el rabillo del ojo una mueca satisfecha en su cara.

Ahora no tengo ninguna duda, es el tercer día que le como el coño, cada vez aguanto más pero el resultado sigue siendo el mismo: esta seco, o casi seco. No sé si empieza a lubricar o es solo mi saliva lo que si sé es la cara con la que me mira, la misma que pone al tragarse mi leche y que dice: "yo puedo pero tú no puedes". Aunque empiezo a aguantar algún minuto más sus diabólicas mamadas es una renta escasa comparado con mis sonoros fracasos comiendo su coño. En tres días no he conseguido sacarle ni un misero gemido, sino fuera porque lo tengo grabado diría que es completamente frígida.

Hoy hace diez días, diez putos días, ahora soy capaz de comérselo durante más de una hora y ni por esas, estoy a punto de rendirme un día más pero antes voy a probar algo nuevo. Decidido a saltarme mis propias reglas hoy a media sesión cambio de marcha. Le meto toda la lengua en el coño y empiezo a moverla como si fuera un vibrador, enseguida le meto dos dedos y entonces vuelve a temblar como el primer día, es una señal, no sé si buena o mala pero después de tantos días de paciente trabajo sin resultados me aferró a ello como un naufrago a un bote salvavidas. Mis dedos cautos hasta hoy se convierten en intrépidos exploradores en busca de su almohadilla intima, su punto G. Debe ser cierto que la fortuna favorece a los audaces porque en cuanto mis dedos encuentran la rugosidad un leve gemido escapa de su boca sonando como música celestial. Mis labios capturan el capuchón donde (por fin) asoma su tímido clítoris que empiezo a succionar. Deslizo mi lengua por la tersa piel de su botón, mi madrastra me mira ahora tensa, emitiendo pequeños suspiros y sonrío encantado.

Abro con mis dedos su sexo, apartando los labios mayores para revelar su interior rosado, abandonando su sensible interior con el índice, comienzo a acariciar todo el perímetro, perdiéndome entre sus rosados pliegues. Mi madrastra jadea al tiempo que entrecierra sus ojos, es maravilloso tenerla así.

Con malicia, soplo encima de su coñito, lo cual la hace temblar de pies a cabeza. Resulta delicioso ver como se descompone ante cada estimulo. Aquella lenta tortura la consume poco a poco y yo lo estoy disfrutando muchísimo. Tanto como había hecho en mi imaginación en incontables ocasiones, solo que ahora por fin todo es real.

—¿Te gusta lo que hago? —pregunto mientras sigo repasando el contorno de su sexo con mi dedo.

Mi madrastra no puede más que suspirar como única respuesta. Se aguanta las ganas sellando sus labios en una expresión de agonía que me encanta.

Mi lengua continuo pasando por el filo de los labios mayores, recogiendo las gotas de flujo que se derramaban desde ahí. La situación ya no daba más de sí y se puso más intensa al hacerle la pregunta.

—¿Quieres que te siga comiendo el coño, mami?

Clavé mis ojos en los suyos. La pobre estaba desesperada, deseando con todas sus fuerzas que acabara de una vez por todas con esa tortura y negándose el placer de la culminación.

Sonreí divertido, pero todavía podía hacerla sufrir un poquito más.

—Pídemelo —le provoqué—. Pídeme que te coma el coño.

Raquel se mordió el labio mientras seguía deslizando mi dedo entre los pliegues de su coñito. La respiración se intensificaba cuando, sin querer queriendo, rozaba su clítoris. Estaba a mi completa merced, sus ojos me pedían aquello que su boca se negaba a admitir.

Seguí devorando aquel manjar que tanto deseaba, mi lengua recorrió todo el perímetro de la vulva de arriba a abajo. Lamía con desesperación, como si necesitara sus fluidos, como si fueran vitales para mi existencia. Su sabor amargo y fresco endulzó mi paladar. Estaba en la gloria.

—¡Agh, joder! —gimió mi madrastra.

Estaba disfrutando con lo que le hacía por más que lo negase. Su cuerpo entero temblaba y entrecerraba sus ojos mientras contemplaba como le devoraba su sexo de forma implacable.

No dejaba de mover mi lengua, recorriendo cada uno de sus mojados pliegues. Estaba disfrutando de este momento en el que por fin veía a mi diosa de hielo derretirse en el fuego que prendían mi boca y mis manos en su dulce coño. Con mis dedos, abrí de nuevo los labios mayores e interné mi lengua dentro de su vagina, un, dos lametazos y..., paré.

—¡No, no!

Grito Raquel antes de abrir los ojos y ser consciente de la situación. La había dejado a las puertas, mi boca estaba a solo unos centímetros de su coño, sería tan sencillo, solo un lametazo más, tal vez dos pero debía pedírmelo. La miré a los ojos y volví a decirle:

—Pídemelo, pídeme que te coma el coño y te haga correrte.

—¡No!

Grito aferrándose a su fuerza de voluntad para negarse el placer de mi lengua, encaje la derrota como lo que era, otro paso más hacía la victoria. No insistí y la dejé allí en la piscina, el lugar de nuestras travesuras y me fui a mi cuarto a duchar con una enorme sonrisa en la cara, sonrisa que en la cena disimulé, no necesitaba hacer más leña del árbol caído.

En el instituto mi conducta ermitaña no había pasado desapercibida para mis compañeros, al parecer era el objeto de burlas y así fue como un día en el recreo se me cruzó Tere.

Tere era la princesa de la clase, a sus quince ya le habían crecido unas buenas tetas (para su edad). Era una chica guapa que lo sabía y utilizaba sus encantos para granjearse todo tipo de favores.

—Hola Alejandro, ¿estás solo?

Que me llamase por mi nombre y no "nene" mi apodo también en el instituto cortesía de mi madrastra ya era preocupante, si sumamos a eso su excepcional simpatía hizo que se encendieran todas mis alarmas en el cerebro y contesté con cautela.

—Sí Tere..., tu dirás.

Tere rizó su coleta en un gesto coqueto mientras decía:

—Hoy tenemos que organizar los grupos para el trabajo de historia y he pensado que tú y yo..., podría venir un día a tu casa.

En otro momento tal vez hubiera aceptado, cargarme con todo el trabajo para regalarme la vista una tarde en mi casa, eso era lo que Tere me estaba ofreciendo. Pero ahora significaría quedarme sin mi mamada diaria y sin la posibilidad de comerle el coño a mi madrastra... No había color así que rechacé la invitación con suavidad.

—Lo siento Tere, voy a hacerlo solo esta vez.

—¡Venga no seas tonto!, te haré pasar un buen rato.

—No, Tere, dejalo por favor.

—¿No?, qué pasa nene, ¿acaso eres gay y nosotras sin saberlo?

—Piensa lo que quieras Tere.

La dejé allí y me largué para no tener que soportar su insistencia.

Aquel día en casa prometía ser especial, llevaba tres días dejando a mi madrastra al borde del orgasmo, cada vez su cuerpo era más receptivo a mi lengua y mis manos. Ahora cuando me la mamaba lo hacía con autentica ferocidad como si realmente desease beberse mi leche y ya la había sorprendido en varias ocasiones con el sistema de vigilancia acariciándose de forma involuntaria, en su cuarto pero especialmente en la piscina. Solo cuando volvía a ser consciente paraba y miraba hacía la cámara con odio. Paladeaba ya mi triunfo pese a que recordaba que tenía que ser prudente y no vender la piel del oso antes de cazarlo.

Estamos en la piscina, ella sentada desnuda en la tumbona y yo con el rabo morcillón junto a su cara, sus ojos tienen hoy un brillo especial ¿lujuria? O es solo un espejismo de mis deseos. comienza a masturbarme con suavidad, deleitándose con el grosor la longitud que poco a poco va alcanzando mi rabo en su mano, momento en el cual la desliza en su boca, introduciéndola entre sus labios, ensalivándola lo más posible. Sabiendo que es el verdadero secreto de una buena mamada, la cantidad de saliva con la que logre recubrir mi polla, haciendo que sienta como se desliza en el interior de su boca como si entrase en un mullido pastel. Es fantástica, sabe cómo volver loco a un hombre teniendo su polla en su boca, haciendo que crezca cada vez más hasta alcanzar el punto de dureza buscado, ese que posibilita que comience mover la cabeza adelante y atrás rítmicamente comiéndose literalmente toda mi polla hasta la empuñadura. Sabe que cuando hace eso no puedo aguantar mucho y que no tardaré en soltarle toda mi leche que bebe viciosa. Al terminar se coloca en la tumbona lista para ofrecerme el manjar de su entrepierna.

Acerco mi rostro a su entrepierna y comienzo a darle besitos por los lados como sé que le gusta, sigo por una de las ingles para luego, continuar por la otra. Deslizo mi lengua por la tersa piel, rozando un poquito los labios mayores, pero sin llegar a tocar la vulva. Raquel está hoy especialmente tensa, con los sentidos a flor de piel y aunque acaba de salir del agua su olor es más intenso, presagiando que hoy está realmente excitada, no intenta contener los pequeños suspiros.

Abro con mis dedos su sexo, apartando los labios mayores para revelar su interior rosado. Con el índice, comienzo a acariciar todo el perímetro, perdiéndome entre sus rosados pliegues. Mi madrastra jadea al tiempo que entrecierra sus ojos. Soplo encima de su coñito y ella tiembla de pies a cabeza. ¡Es tan receptiva!, resulta delicioso ver como se descompone ante cada estimulo. Aquella lenta tortura la consume poco a poco.

—¿Te gusta lo que hago? —pregunto mientras sigo repasando el contorno de su sexo con mi lengua.

Mi madrastra no puede más que suspirar como única respuesta. Se aguanta las ganas sellando sus labios en una expresión de agonía que me encanta.

Mi lengua continua pasando por el filo de los labios mayores, recogiendo las gotas de flujo que se derramaban desde ahí. De nuevo la pregunta:

—¿Quieres que te siga comiendo el coño hasta correrte?

La miró a los ojos, está desesperada, deseando que acabe de una vez por todas con esa tortura, esta vez no tiene fuerzas para negarse, cierra los ojos y dice:

—Por favor…

Sonrío divertido, pero todavía pueda hacerla sufrir un poquito más.

—Pídemelo —le digo—. Pídeme que te coma el coño.

Raquel se muerde el labio mientras yo sigo torturando con mi lengua los sensibilizados pliegues de su coñito. La respiración se vuelve errática cuando mi lengua roza su clítoris.

—Por favor… —repitió de nuevo—, cómeme el coño, cometelo hasta que me corra.

Eso fue suficiente.

Sin más preámbulos, me lancé a devorar aquel manjar que tanto deseaba yo también.

Mi lengua recorrió todo el perímetro de la vulva de arriba a abajo.

—¡Ahhhh! —gimió mi madrastra.

Estaba disfrutando con lo que le hacía. Su cuerpo entero temblaba y entrecerraba sus ojos mientras contemplaba como le devoraba su sexo de forma implacable.

No dejaba de mover mi lengua, recorriendo cada uno de sus mojados pliegues. Estaba gozando de este momento. No imaginaba que aquello sería tan placentero para mí. Con mis dedos, abrí de nuevo los labios mayores e interné mi lengua dentro de su vagina.

—¡Me corroooo! —grito entre estertores Raquel.

Fue incapaz de resistirse por más tiempo. Mi madrastra llegó al orgasmo de una manera sobrecogedora. Con mis ojos, contemplé como su cuerpo se tensaba a la vez que abría la boca para dejar escapar un fuerte grito mientras alzaba su cabeza. Fue algo espectacular, ella terminó destrozada sobre la tumbona.

Dejé que descansara mientras me centré en limpiar su sexo, bien mojado por los fluidos que acababa de soltar tras correrse. Podía sentir su intensa respiración al tomar fuertes bocanadas de aire. Para cuando dejé el coño limpio, ella estaba más tranquila.

—¿Qué? —pregunté con tono incitante— ¿Te ha gustado?

Mi madrastra dejó escapar un sonoro suspiro, pero no tardó en asentir para dejar bien claro que sí.

—Ha…ha estado bien —respondió con timidez.

Me encantaba verla tan recatada en estos momentos, aunque también la notaba alegre, como si se hubiera liberado de una gran carga, como si realmente le hubiera gustado que hiciéramos esto. De hecho, por el gesto ansioso que veía en su rostro, estaba claro que ansiaba más.

—¿Puedo seguir? —fue la siguiente cuestión que le hice.

—Vale —contestó inquieta.

Esta vez, decidí ir más lento. Quería que disfrutara de manera más calmada y por mayor tiempo. Antes me había descontrolado y no era plan de lamerla como un animal, así que me lo tomé con calma.

Primero recorrí el contorno de su sexo por fuera y, acto seguido, fui adentrándome en ella, recorriendo cada pliegue con suma paciencia. Raquel gemía ahora de manera más calmada, emitiendo pequeños grititos que la hacían parecer más tierna que antes. Poco a poco, fui acelerando el ritmo y decidí concentrarme en su clítoris.

—Joder, cabrito, ¡no pares! —exclamó muy excitada.

Que dijera eso me volvió loco porque significaba que le estaba gustando lo que le hacía.

Golpeteé su dura pepitilla con la punta de la lengua y luego la lamí, primero de arriba a abajo y, después, a los lados, terminando luego con varios círculos en su alrededor. Toda aquella acción hizo que mi madrastra aumentara el sonido de sus gemidos y que su respiración se volviera más profunda.

—Sigue, sigue… —decía con voz agónica.

Su cuerpo se agitó varias veces al tiempo que no cesaba de atacar su clítoris. Sabía que su orgasmo estaba cercano, pero no quería que se corriera tan rápido.

Dejé de lamer el clítoris y me adentré en su conducto vaginal. Mi lengua se abrió camino por aquella húmeda caverna, notando lo apretada que estaba. Vaya, para haber entrado tantas pollas por ahí, estaba bien estrecha. Sacaba y metía la lengua varias veces, lo cual le causaba mayor placer. Notaba como sus caderas temblaban con cada puntada recibida. Era como si me la estuviera follando.

Mi madrastra se retorcía desesperada. Podía ver como se relamía los labios y apretaba las tetas con los pezones en punta: estaba gozando de lo lindo.

—¡Por favor… —gritaba ya descontrolada—, no puedo más…!

Me apiadé de la pobre. Podría seguir así por un poco más de tiempo, pero aquello ya estaba siendo insoportable incluso para mí.

Mientras seguía en su interior, con uno de mis pulgares comencé a frotar su clítoris. Solo hicieron falta un par de roces para hacer que Raquel se terminara corriendo como una loca.

—¡Ahhhh! —gritó muy fuerte.

Todo su cuerpo entero se tensó de golpe. Vi como arqueaba la espalda y elevaba su abdomen. Cerró sus ojos y abrió la boca para dejar salir todo el aire. Sus caderas se contonearon varias veces y sentí un fuerte estallido de humedad contra mi boca. Con la lengua aún metida en su coño, pude notar las fuertes contracciones del conducto vaginal a la vez que degustaba el amargo líquido que se derramaba de allí.

Cuando todo terminó, ella acabó destrozada, emitió varios bufidos al tiempo que aspiraba el máximo aire posible, como si no quisiera quedarse sin él. Yo, mientras tanto, me dediqué a limpiar su sexo de todo lo que había soltado. Había sido mucho, ya que me había toda la boca bien empapada. Una vez terminada, me levanté y me coloqué a su lado.

—¿Y bien? —pregunté con ganas— ¿Te parece buena mi lengua ahora?

Raquel se quedó bastante dudosa ante mi cuestión, bajo la mirada, como si se sintiera avergonzada de lo que había ocurrido, y guardó silencio. Por mi parte, no dudé en esperar la respuesta. Mientras, observé el aspecto en el que se hallaba. La piel colorada y un poco sudada, una relajada expresión en su rostro, el pelo un poco revuelto… Una hembra saciada.

—Sí, no ha estado mal.

No era la respuesta que esperaba. De hecho, noté lo indecisa que se encontraba, aunque no pensaba que eso tuviera por qué ser malo. La había descolocado al hacerla vivir una situación que nunca creyó posible. Ahora, se debatía entre si reconocer que le había encantado o callarse por vergüenza.

—En fin, si todavía tienes dudas, siempre te puedo ayudar a quitártelas.

Fue decir eso y se me quedó mirando de manera un poco hostil. Me sorprendió esa repentina reacción y me pregunté si no habría metido la pata. Sin embargo, lo único que hizo fue levantarse con intención de irse a su habitación. No entendía nada.

—¿Dónde vas? —pregunté extrañado.

—A mi cuarto —contestó de forma escueta.

La miré alejarse hacia el pasillo, pero antes de salir, se volvió un último momento.

—Una cosa, de lo que ha pasado no quiero ni un sola palabra,

¿entendido?

La entereza con la que lo dijo me dejó perplejo. Asentí un poco incomodo y tras eso, Raquel se fue a su habitación. Dio un sonoro portazo al cerrar, lo cual me dejó temblando.

¡Vaya con mi madrastra! Le hago tener dos ricos orgasmos y aun así, se muestra molesta conmigo. No había quien la entendiera. Lo peor de todo era que yo me encontraba ahora mismo con un calentón tremendo. Esperaba que ella me devolviera el favor, pero estaba claro que no iba a ser así: menuda mierda.

CAPÍTULO 4

La cena fue como siempre en el más absoluto silencio, me fui a dormir un tanto preocupado: pensaba que cuando la hiciera correrse quebraría su resistencia pero no había sido así en absoluto.

En el instituto tenía otros problemas, al final Tere había conseguido mediante un cambio de favores ser mi compañera en el trabajo de historia y para colmo no aceptaba que lo hiciera yo solo, esperaba poder organizarlo para un día que estuviera el viejo y tuviera que renunciar a mi mamada diaria...

Durante un par de días correspondí a mi madrastra con sendas comidas de coño tras sus mamadas, ya no le preguntaba si quería llegar hasta el final, la llevaba al menos dos veces en cada sesión y después nos despedíamos en silencio como si nada hubiera pasado. Se imponía un cambio de estrategia así que la siguiente ocasión que nos vimos en la piscina la hice levantarse de la tumbona diciendo:

—Ahora quiero aprender acariciarte..., y a besar en los otros labios.

Mi madrastra apenas opuso resistencia en esta ocasión pero tampoco colaboró, al menos al principio.

Acaricié su hombro un poco para tranquilizarla y de repente, noté como se agitaba ante el leve roce. Eso me sorprendió, por la expresión de su cara parecía estar excitada. volví a pasar mi mano por su brazo, y de nuevo volvió a estremecerse. Llegó incluso a cerrar sus ojos y respirar de forma intensa.

—¿Qué te pasa? —pregunté con voz cariñosa—. Te noto nerviosa.

Mi madrastra se seguía estremeciendo ante mis caricias pero no parecía ser consciente de ello. Al menos lo aparentaba de manera muy convincente.

—Nada, ¡estoy bien! —exclamó extrañamente eufórica.

Sonreí ante esa reacción. La agarré con fuerza de la cintura y la atraje a mí. Pude sentir su cuerpo contra el mío, lo cual me puso cachondo.

—¿En serio? Pues a mí me parece que tú lo que estás es excitada —La reacción de sorpresa al decir esto en mi madrastra me encantó—. Sí, creo que te has calentado al pensar en chuparme la polla.

Ella me miró petrificada, incapaz de creer lo que le decía. Quiso zafarse pero yo se lo impedí agarrándola con fuerza, decidí que era hora de atacar. Besé aquellos tentadores labios que tanto me llamaban.

Raquel se revolvió, pero en cuanto pegué más mis labios ella dejó de resistirse y se entregó. Nos besamos con suavidad, disfrutando el momento. Su lengua atravesó mi boca y buscó la mía, empezando un pequeño duelo entre ambas, retorciéndose en un fuerte y viscoso abrazo. Estuvimos así un rato, respirando superficialmente mientras dejábamos a nuestras lenguas juguetear entre ellas intercambiando saliva. Seguimos así hasta que me separé, al mirarla noté en sus ojos un suave brillo.

Empecé a besarle por la mejilla y descendí por su cuello, lamiendo y mordisqueando su suave piel. Ella emitió un leve gemido, llevé mis manos a su divino culito que apreté con ansia. Lleve mi boca hasta su oído y en un pequeño susurro le dije:

—Vamos a comprobar si no estás caliente.

Una de mis manos fue llevada hasta su entrepierna, y cuando acaricie con mis dedos sobre aquella superficie, mi madrastra se retorció de placer. Noté su cuerpo temblando y fui acariciando con más vehemencia, haciendo que gimiera con fuerza.

—Um, parece que si lo estás —susurré en su oído otra vez.

Volví a mirarla, una expresión de miedo y deseo se reflejaba en su rostro. La besé de nuevo, esta vez con mayor urgencia, mi mano derecha seguía masturbándola, haciendo que emitiera pequeños gruñidos y la otra acariciaba su culo y espalda. Raquel tampoco se quedaba quieta y tras un pequeño periodo de inactividad comenzó a recorrer mi cuerpo, desde mi pecho hasta el culo e incluso me toqueteó la entrepierna.

Me separé y la llevé hasta la tumbona y la dejé recostada boca arriba. Me puse encima de ella besándola con encendida pasión. No notaba en mi madrastra demasiada iniciativa. Me la quedé mirando y pude notar extrañeza en sus ojos.

—¿Qué pasa? —pregunté preocupado.

Me recosté de lado a su izquierda y la miré de forma incomprensible. Ella seguía allí con ese gesto de indiferencia, como si todo le diera igual. No tenía ni idea de que decirle o que hacer.

—¿Ocurre algo?— fue lo único que alcancé a decir.

Ella giró su cabeza hacia un lado y emitió un suave suspiro que indicaba algo de incomodidad. Luego me miró con sus ojos marrones, aquella actitud me estaba empezando a cabrear.

—Esto no está bien, soy tu madrastra.

Vale, el tema de los tabúes. La verdad, yo en eso no es que tuviera mucho que decir: tan solo era sexo. No veía nada malo en ello, y después de todo lo que ya habíamos hecho, le conste molesto:

—¿Ahora me sales con esas?, creía que ya lo teníamos superado...

—Alejandro, no está bien que hagamos estas cosas —explicó mi madrastra con desagrado.

—Te recuerdo que ya nos hemos chupado mutuamente y con gran placer por ambas partes, ¿acaso pretendes negarlo?—indiqué con cierta saña—. Y ahora se notaba que tenías ganas, que te acobardes al último momento me parece absurdo.

Raquel bufó un poco molesta.

—No es que me disguste, vale —comentó—. Pero, ¡soy tu madrastra! No sé, creo que es un limite que no deberíamos traspasar, es algo incorrecto.

Se notaba muy indecisa y yo no estaba para indecisiones ahora.

—Pues entonces no habérmela chupado.

—Claro, y si no te la chupo, tú le habrías enviado esos vídeos a tu padre —me reprochó ella.

—Ah, pues no te quejes tanto bonita —solté yo en ese instante. Raquel me lanzó una enojada mirada—. Además, estoy tratando de darnos placer a ambos, no creo que sea tan malo...

Su rostro se contrajo de forma extraña ante lo último que acababa de decir. Igual me había pasado un poquito con esa frase. Me acerqué a ella y le acaricié la mejilla.

—Anda, déjate hacer— comenté con voz melosa.

Ella acarició mi pecho descubierto, donde apenas crecía un corto vello de color oscuro. Jugueteó con unos pelitos y tiró de un par.

—¿En serio pretendes follarme? —La pregunta parecía echa con mala intención.

—¿Tan desagradable te parezco? —Al decir esto, sus ojos me analizaron con precisión. Ella asintió con malevolencia.

A ver, no es que tenga el fibroso y escultural cuerpo de un modelo, ¡pero es que solo tengo quince!, hago ejercicio regularmente pero mi cuerpo aún está en desarrollo. También es verdad que hasta ahora no me había preocupado por mi físico, aún soy un crío y no puedo lucir como un hombre. Esperaba que al crecer con mi físico y también por mi simpatía y actitud divertida que adoptaría con las chicas conseguiría llevármelas al huerto. Me dolía que mi madrastra me dijese esas cosas. No sé, era como si me hubiese herido en mi orgullo.

Mi madrastra me miró por un instante y me dio un súbito golpe en el brazo para que me espabilase.

—Anda, hazme lo que quieras antes de que me arrepienta.

Viendo la oportunidad, decidí aprovecharla. Me acerque a ella y con delicadeza, volví a besarla. Ella volvió a mostrarse receptiva, apretándose contra sí e introduciendo su lengua en mi boca. Muy pronto me abrazó con fuerza y poco a poco fuimos agitándonos más por la intensa pasión que nos devoraba. Llevé mis manos a sus tetas y se las acaricié, se las toqué con suavidad, notando lo firmes que estaban. Luego, me incliné y comencé a chupar el pezón de una succionándolo y dándole pequeños mordiscos. Pude ver como mi madrastra alzaba la cabeza y gemía con fuerza.

—¿Te gusta? —pregunté mientras me sacaba el pezón de la boca para ir a por el otro.

—Sigue —fue lo único que respondió.

Proseguí con las lamidas en sus pechos y acabé recostándola sobre la tumbona. Así, continué besando y acariciando sus tetas, apretando sus duros pezones y haciendo que emitiese un fuerte grito. Llevé una de mis manos a su entrepierna de nuevo. Esta vez el contacto la hizo gritar con mayor fuerza.

—Parece que estás incluso más excitada que antes. —hablé divertido.

—Eso parece —gimió ella.

Palpé más esa zona, notando como mi madrastra se estremecía cada vez más.

—¿Qué tal estoy? —me preguntó de forma coqueta.

La observé por un instante. Ella había cruzado una pierna para ocultar su coñito y pude ver la expresión mezcla de vergüenza y elegancia en su rostro. Completamente desnuda, con el pelo rubio cayéndole por sus hombros, tenía una pose sensual y provocativa.

—Hermosa —fue mi respuesta.

—¿En serio? —cuestionó ella—. Pensé que dirías que estoy cañón.

Respirando hondo, extasiado por tan increíble visión, empecé a acariciar su fina piel y le di pequeños besos en su boquita.

—No, cañón están las tías que te follas una noche —respondí mirándola fijamente a sus ojos—. Tú eres hermosa porque eres de las que merece la pena quedarse.

Lo sé, acababa de soltar la mayor gilipollez que había dicho en toda mi vida, pero qué queréis, en esos momentos estaba hipnotizado por la escultural visión del cuerpo de mi madrastra. Me parecía lo mejor del mundo en ese instante y debía de saberlo.

Empecé a besarla por todas partes. Su rostro y sus labios que me regalaron el beso más profundo con lengua que hasta ese entonces me habían dado. Seguí por su cuello, luego vinieron sus tetas, que chupé y lamí durante un rato provocándole un temblor que arrasó todo su cuerpo. Descendí hasta su abdomen plano con su gracioso ombligo hundido donde enterré mi lengua. Me deslicé por sus largas y preciosas piernas, que besé hasta la planta de sus pies. Después de eso las abrió, mostrándome su zona intima.

Extasiado admiré de nuevo su coño rosado, con los labios abiertos revelándome su clítoris y vagina, de la cual surgían líquidos.

—¿Qué te parece? —me miraba ansiosa, con ganas de saber mi respuesta.

Lo observé un poco más y lo lamí, mi lengua recorrió aquella húmeda raja y eso provocó que mi madrastra emitiera un fuerte gemido. Esa era toda la respuesta que necesitaba.

Me encantaba su fragancia y el sabor que emanaban de esa vagina. Agridulce, pero también refrescante y con un almizclado olor que lo hacían fuente de lujuria y deseo para mí. Mi lengua se abría camino entre sus carnosos pliegues lamiendo cada centímetro de sus labios, para luego internase en su agujerito y acto seguido atacar el prominente clítoris. Lo golpeé con la punta, lo recorrí de arriba abajo y lo atrapé entre mis labios.

Sus gemidos suaves y tranquilos, como el ronroneo de un gatito que me incentivaban a seguir atacando sin piedad. Seguí lamiendo sin detenerme hasta que finalmente logré lo que me proponía. Mi madrastra empezó a retorcerse en su propio placer mientras sufría un grato orgasmo. Todo su cuerpo se sacudió varias veces mientras que mi rostro acabó empapado en sus flujos. Cuando todo hubo concluido lamí todo su coño para dejarlo limpio, deleitándome con su delicioso sabor.

La dejé tomar aliento mientras daba besitos por la zona de las ingles, rozando con mis labios su suave piel. Cuando la noté más calmada, retomé mi posición y volví a comerle su vagina.

—¡Joder nene ! —dijo sorprendida—. ¡Sí que eres insaciable!

Reí un poco ante aquellas palabras y continué con mi minucioso cunnilingus. Estuve largo rato devorando aquella delicia, recorriendo cada centímetro de aquellos húmedos pliegues mientras que Raquel siguió gimiendo y moviéndose de forma rítmica ante mis lengüetazos. Seguí así por varios minutos hasta que decidí penetrarla con mi lengua. Se empezó a estremecer cada vez más a medida que iba penetrándola con mi lengua. No es que pudiera entrar más adentro pero si lo suficiente para notar sus apretadas y húmedas paredes. Comencé a describir círculos en su interior y mi lengua casi parecía un torbellino. Raquel arqueó su espada y todo su cuerpo se sacudió. Tuvo un potente orgasmo y pude notar las contracciones de su vagina.

Me tragué todos los fluidos que expulsó y tras eso, le lamí el coñito para limpiarlo. Ella fue relajándose hasta quedar tranquila, fui subiendo por su cuerpo, regalándole besos a cada parte de este. ¡Dios, era tan hermosa! Para cuando llegué a su rostro, una agradable sonrisa se había dibujado en sus labios.

—Parece que tienes una lengua de oro, cabrito.

Tras oír eso, la besé con deseo. Ella chupó mi lengua y relamió mi boca para disfrutar del sabor de su coñito. Nos seguimos besando con mucho agrado y disfrute mientras nuestras manos acariciaban cada centímetro de nuestros cuerpos. Me encantaba el contacto de su piel, tan suave y tersa. Seguimos así por un poco más hasta que la miré fijamente a los ojos. Ella se quedó callada, también mirándome.

—Oye, ¿te apetece follar?—pregunté con cautela.

Raquel se quedó pensando con una expresión de duda casual que no me reconfortó mucho, pero al mirarme con sus ojos de chocolate caliente, supe que iba a ocurrir.

—Vale, si tantas ganas tienes, adelante —respondió sonriente.

Me acosté encima de ella y guie mi polla, ya bien dura, hasta la entrada de su coño. Yo esperaba alguna señal por parte mi madrastra. Ella solo se limitó a asentir y mi miembro fue adentrándose en su vagina, abriéndose camino por el húmedo conducto. Estaba tan mojada que la podía penetrar con facilidad. Raquel cerró sus ojos y gimió un poco mientras me adentraba en ella. Cuando llegué hasta lo más profundo de ella, le pregunté:

—¿Estás bien?

—Sí —fue lo único que respondió. Luego, abrió sus ojos y me miró algo ansiosa—. Venga, ¡empieza ya!

¡Joder con mi madrastra, sí que tenía ganas!

Viendo la urgencia con la que me reclamaba, comencé a moverme. Inicié un movimiento hacia delante y atrás con mis caderas, clavando mi polla con cierta fuerza. Cada estocada provocaba que mi madrastra emitiese un grito más fuerte. Me estaba moviendo sobre ella en un constante mete saca y ella no paraba de gritar. Me abrazaba con fuerza y clavaba sus uñas en mi espalda. Llegué a pensar que me haría sangre. Mi polla se deslizaba con facilidad. Aunque su coño no era muy estrecho, había que reconocer que sus paredes se acoplaban bien a mi verga, añadiendo bastante placer. Seguía moviéndome mientras disfrutaba de aquella maravillosa fricción.

—¡Oh, Dios! —aulló mi madrastra— ¡Sigue, sigue!

Noté su respiración acelerándose y me moví más rápido. El cuerpo de Raquel se tensó en ese instante y pude sentir como sus piernas me apretaban con fuerza sobre mis caderas. Mi polla sintió las fuertes contracciones de las paredes vaginales envolviéndola. Contemplé como el rostro de mi madrastra quedaba crispado por el placer mientras gritaba. Fue maravilloso asistir a ese magnífico momento en el que le proporcionaba un buen orgasmo.

Me detuve y dejé que ella se recuperara. Su cara reflejaba una serenidad increíble. Me acerqué y le di un suave beso.

—¿Mejor? —pregunté mientras ella volvía a abrir sus ojos.

—No te detengas ahora —me dijo.

La agarré con firmeza de las piernas y reinicié la follada. Buscando con ganas su boca, nos besamos de forma intensa, haciendo que nuestras lenguas se enlazaran. Podía sentir mi polla clavándose para luego retirarse y volver de nuevo a la carga. Aceleré el movimiento, deseoso por acabar con todo de una vez.

Raquel no dejaba de gemir y cerraba sus parpados, seguramente gozando del placer que le daba. Yo ya estaba al borde del orgasmo. Sentía ese incipiente cosquilleo en los huevos, señal previa de la inminente corrida.

—¡Me voy a correr ya! —le anuncié.

—¡Espera, espera! —gritó ella nerviosa—. ¡Un poco más!

—¡No aguanto más!

—¡Espera!

No pude resistirme. Me desbordé dentro del coño de mi madrastra. Chorro tras chorro salió disparado al tiempo que continuaba clavando mi polla. Con las últimas estocadas, ella también se corrió. Escuché un fuerte grito, otra vez el cuerpo tensándose y las contracciones de la vagina.

Cuando todo terminó, sentí como si ya no estuviera dentro de mí, como si fuera una mera hoja mecida por el viento. Me desplomé sobre mi madrastra, sintiendo su cuerpo siendo aplastado por el mío. Jadeé un poco y pude sentir mi corazón palpitando con fuerza, mi polla todavía seguía clavada en su coñito, inundado por mi cálido y pegajoso semen. Giré mi rostro y me encontré con el de ella, quien no me miraba precisamente muy contenta, sino bastante cabreada.

—¡Maldito imbécil! —profirió furiosa—, ¡te has corrido dentro mí!

Se notaba que estaba muy enfadada. Yo intenté quitarle hierro al asunto pero no fue muy buena idea.

—Vamos mujer, no te pongas así —traté de decir—. ¡Ni que fuera el primero!

—¿Y si no me protegía?, a ver que haríamos ahora.

Oír aquello me dejó impactado.

—Pero te proteges, ¿verdad? —La pregunta sonaba incrédula.

—Pues si —respondió ella de forma afirmativa.

Saqué la polla de dentro al levantarme y un reguero de semen cayó sobre la cama. Más se desbordaba del interior de su coño.

—Menuda corrida —comenté sorprendido.

—Sí, me has dejado llenita —habló mi madrastra mientras recogía los restos que se derramaban de su vagina.

—Voy a por unos pañuelos.

Iniciamos un periodo de convivencia tranquila, seguíamos siendo madrastra e hijastro salvo en la piscina donde eramos amantes, Raquel se entregaba con mucha pasión y ahora nuestros lances allí duraban horas dejándonos a ambos muy satisfechos. Yo quería algo más, quería experimentar su calor en otros lugares de la casa, saber que se siente compartiendo cama pero Raquel se negaba una y otra vez.

En el instituto mi vida transcurría con normalidad hasta que un hecho casual lo dinamitó todo.

El profesor de valores no había podido venir, era la última hora de clase y muchos optaron por irse a casa, solo unos cuantos se quedaron formando un corrillo y yo, que pensé en adelantar la tarea para después disponer de más tiempo con mi madrastra. En esas estaba cuando una bola de papel impactó en mi cabeza, la alce y Miguel uno de los chicos dijo:

—¡Nene, que estás atontao!, ven y juega con nosotros que nos falta un chico.

—¿Ese?, si es gay, no cuenta —Le respondió Sandra, otra de las princesas.

Ya empezaba a estar hasta las narices de que se metieran con mi orientación sexual, si era gay o no era solo asunto mío y no de aquel grupo de homófobos. Supongo que eso es lo que me hizo reaccionar y en una demostración del efecto mariposa un aleteo cambiaría mi vida...

Me senté en el circulo con ellos, era una versión del juego de la botella más caliente en la que se sustituía la opción "verdad" por unos minutos a solas encerrados en el armario de los abrigos. La botella empezó a rodar y los elegidos iban cumpliendo con mayor o menor acierto las pruebas, en la última tirada la botella se detuvo frente a Tere, esta eligió armario y Miguel que era el que debía designar acompañante y que no podía ser el escogido eligió a Sandra pero ante los abucheos de sus compañeros dijo:

—¡Está bien! Pues que vaya con el nene, no es una chica pero como si lo fuera.

Acepté y acompañe a Tere al armario, se la veía segura y divertida, tal vez pensando que podría sacarme a mi del armario. Se paró delante de la puerta para decir:

—Preparate nene, te vas a enterar de lo que es una mujer —habló mirándome a los ojos de forma directa—. Yo creo que te gusto y lo que me tienes es miedo.

Me sorprendió su seguridad y me reí internamente anticipando su sorpresa. Entramos en el armario y Tere bloqueo la puerta con su cuerpo, en la penumbra apenas distinguía sus facciones cuando la pille desprevenida, mis labios se pegaron a los suyos y dándole un húmedo beso. Ella se agitó, pero no llegó a hacer nada por impedir el contacto y viendo su completa pasividad la empuje contra la puerta y comencé a besarla aún con mayor fuerza. Tere intentaba despegarse, pero yo la tenía atrapada, sentía su boca bajo la mía, abriendo sus labios con la lengua e introduciéndola en su interior, paladeando cada centímetro. Mis manos tampoco se estuvieron quietas, acaricie su nuca con suavidad, lo cual la hizo temblar un poco, pero la cosa fue a más cuando descendí por su cuerpo apretando sus puberes pechos con ansia. Me aparté, dejando que su aliento impregnara mi rostro.

—Estás muy buena Tere —le dije.

Mis manos apretaron sus tetas. Tere aún deseaba separarse, pero cada movimiento suyo, era interrumpido por mí. La tenía atrapada y cuando me miró con sus preciosos ojos verdes, no podía creer que estuviera en una situación igual.

—Cuantas ganas te tenía —expresé con mucho deseo.

Solté uno de sus pechos y dirigí mi mano al sur. Tere sabía perfectamente hacia donde me dirigía, pero no pudo hacer nada. La volví a atrapar en un profundo beso, enrollando mi lengua con la suya. Mientras, esa mano llegaba hasta la falda del vestido y se colaba por debajo.

Ella se tensó y me miro con sus esmeraldas en una mezcla de miedo y deseo, percibiendo su belleza y el brillo que desprendían. Me dejé llevar por ellos y mi mano se colo bajo su tanga. La noté estremecerse cuando mis dedos juguetearon con su escaso vello púbico y al llegar hasta su sexo ahí ya se estremeció de manera intensa.

—Estás húmeda —le susurre divertido.

Mis dedos abrieron los labios de su vagina y se zambulleron en su interior. Tere no pudo evitar gemir y más lo hizo cuando masajee todo el contorno de su vulva. Pese a estar un poco atemorizada por lo que estaba sucediendo, no podía negar que el placer que comenzaba a degustar le encantaba. Cuando comencé a tocar su clítoris una fuerte descarga recorrió su cuerpo.

—¡Ahhh! —llegó a decir antes de que mi boca volviera a acallarla con un apasionado beso.

Frotaba su clítoris con muchas ganas aprovechando lo aprendido con mi madrastra. Se notaba que lo hacía bien, pues sentía el placer que le proporcionaba en forma del temblor de su cuerpo, como se sujetaba a mí y la voracidad de sus besos llenos de lujuria. Cada roce era otra punzada de deleite que la volvía más loca. Y al mismo tiempo, la besaba en la boca, en la cara y en su cuello. Mi lengua recorría su piel dejando rastros de húmeda y caliente saliva. Llegué incluso a morderle en el lóbulo de su oreja derecha. Y de esa manera se corrió.

—Me...me...—intentó decir entre gemidos, pero cubrí su boca bebiéndome su orgasmo.

Sentí en mi mano las fuertes contracciones de su coño que acompañaron la explosión de humedad que tuvo lugar en su entrepierna. Su cuerpo enteró se agitó con fuerza. Permaneció con los ojos cerrados, al tiempo que aún seguía besándola y tocándola sin pudor, aunque ya no parecía importarle demasiado. Y tras toda la enorme subida, vino la precipitada bajada. Sentí como su cuerpo se relajaba tanto que por un momento creí que se iba a caer y la sujete con fuerza.

Cuando abrió los ojos, me encontró observándola fijamente. Una sonrisa se había dibujado en mi rostro, mostrando lo complacido que estaba con todo lo que le había hecho.

—Bueno, ya estás mejor —hablé alegre y le di un suave beso en los labios.

Tras esto me aparté, un gesto que Tere interpretó como que la estaba dejando marcharse. Viendo que así parecía ser, decidió salir del armario donde el resto de los compañeros la recibieron alucinados, habían pasado más de tres minutos, bastantes más y seguro que habían escuchado alguno de los gemidos que no conseguí silenciar con mis besos. Su ropa estaba arrugada y su escaso maquillaje arruinado. En cambio yo salí perfectamente arreglado con un resto inconfundible de carmín en mis labios y cuando Tere se atrevió a mirarme llevé la mano que había estado en su coño a mi boca y lamiendo mis dedos dije:

—Deliciosa.

Lo que provocó un estremecimiento que sacudió por completo a Tere y que no paso desapercibido a los demás que quedaron con la boca abierta cuando me marché.

De camino a casa valoré si comentárselo a mi madrastra o no, al final opté por ocultarlo a riesgo que se riera de mí y de mis chiquilladas.

Los días posteriores Tere y sus amigas me dejaron tranquilo pero al llegar el jueves tuve que volver a hablar con Tere, el viernes el viejo estaría en casa y me arruinaría el polvete así que era el día idóneo para hacer el trabajo con ella y quitármelo de encima. En uno de los descansos me acerqué a su grupito y le dije:

—Tere, ¿podemos hablar?

Afirmo con la cabeza, se levantó y nos hizo alejarnos antes de preguntar:

—Tú dirás.

—Es sobre el trabajo de historia... ¿Te vendría bien el viernes tarde? Si no te va bien puedo hacerlo yo solo...

—El trabajo..., sí, el viernes me va bien claro, ¿en tu casa a las cinco?

Me pareció que estaba decepcionada pero si esperaba algún comentario por mi parte sobre la travesura del armario podía esperar sentada: yo casi lo había olvidado.

El viernes al mediodía lo comente de pasada en casa con mi viejo y mi madrastra en la mesa, a mi viejo le hizo ilusión que al fin trajese a una chica a casa, en cambio mi madrastra no hizo ningún comentario y se limito a mirarme de una forma rara... ¡Mujeres!, ¿quien las entiende?

A las cinco llego Tere con sus libros, Tere era la princesa de la clase, un pibón en potencia, a sus quince medía algo más de metro sesenta, melena castaña hasta la cintura en una cara en la que destacaban sus iris esmeralda y sus labios carnosos. Tenía buenas tetas para su edad, un dulce trasero y un más dulce coño que había tenido la fortuna de probar. La recibió mi madrastra con su mejor mirada de sargento intimidando a la pobre cría hasta que la rescaté de sus garras llevándola a mi cuarto.

Eran más de las siete y apenas habíamos avanzado, no por culpa de Tere sino de mi madrastra que en una tarde había visitado mi cuarto en más ocasiones que las que llevábamos hasta la fecha en casi un año de convivencia, nos había traído agua, zumo, la merienda, unas galletas... Ya no sabía donde meterme, me estaba poniendo en ridículo como pocas veces hasta que dándome por vencido le pedí a Tere que se fuese a su casa y que yo acabaría el trabajo a lo que Tere me respondió que el próximo lo haríamos en su casa.

Cabreado me encerré en mi habitación a hacer a solas el trabajo pensando que mañana en cuanto se marchase el viejo ajustaría cuentas con mi madrastra...

El sábado mi padre se marchó de viaje temprano, yo esperé pacientemente a que el servicio se marchase al mediodía para no volver hasta el lunes y solo entonces me presenté en la habitación de mi madrastra y al verla allí ladré:

—¿Que cojones te pasó el viernes?

—No sé a que te refieres.

—¡No te hagas la tonta que no te pega!, nos interrumpiste todo el tiempo sin dejarnos trabajar. ¡Me pusiste en ridículo!

—Ya..., seguro que ibais a trabajar...

—Claro, ¿que coño creías que hacía Tere en mi casa?

—¿Una chica tan guapa?, puedo imaginármelo...

—¿Te has vuelto loca?, ¿contigo y el viejo aquí?

—O sea que si hubierais estado solos si lo habrías hecho.

—¡No!, o tal vez sí, ¡no lo sé!, ¿que tiene eso que ver?

—Eres un cerdo como todos los hombres, esa puta y tú...

—¡Aquí la única puta que hay eres tú!

¡¡Plas!!, su bofetada restalló en mi cara haciendo sangrar mi labio inferior, me froté la mejilla perplejo por su reacción y furioso, muy furioso. Era la primera vez que me pegaba y juré que sería la última, mi madrastra se acababa de ganar un castigo. Me senté en la cama y con mi tono mas frio le dije:

—Túmbate sobre mis rodillas.

Mi madrastra me miró con sorpresa por mi orden, parecía dispuesta a desobedecerme de nuevo pero algo en mi mirada o tal vez mi tono de voz se lo hicieran pensar mejor y al final obedientemente se tumbo sobre mí. Levanté la falda de su vestido mostrándome su precioso trasero enfundado en unas bonitas braguitas de encaje verde que en otra ocasión habría apreciado al quitárselas, en cambio esta vez no lo hice, me limite a bajarlas hasta sus rodillas dejando su culito al aire.

¡¡Plasss...!! Primer azote. Mi mano atizó la nalga derecha, con fuerza, de manera que mi madrastra sintió el dolor inmediatamente, un leve dolor que rápidamente se convirtió en un escalofrío que le recorrió todo el cuerpo.

¡¡Plasss...!! Segundo azote, este en la otra nalga para repartir dolor. Sentía como mi mano picaba y su nalgas se enrojecían, tenía que dolerle mucho, su boca seguía cerrada y nuevamente solo ese escalofrío que recorría todo su cuerpo era la única respuesta a mi castigo.

¡¡Plasss...!! Tercer azote, ahora en la nalga derecha otra vez. Este hizo que la nalga aumentase su enrojecimiento, solo entonces comencé a hablar.

—Has sido mala, mamí. Me has alzado la mano y me has contestado de malas maneras, debes aprender a respetarme.

¡¡Plasss...!! Cuarto azote, nuevamente en la nalga izquierda. El dolor que siento al golpearle sumado al que debe sentir ella van calmando mi ira como un bálsamo cura las heridas, pero debo seguir, Raquel debe saber quien está al mando de una vez por todas.

¡¡Plasss...!! Quinto azote, en la derecha.

—Esto es por tu bien mami, debes aprender cual es tu lugar, y si te equivocas no tendré más remedio que castigarte.

¡¡Plasss...!! Sexto azote, su culito ya estaba bien encendido entonces empecé con la lección:

—¿Quien eres?

Silencio, ¡¡Plasss...!! Septimo azote, su culo tembló con el golpe pero su boca seguía obstinadamente cerrada.

¡¡Plasss...!! Octavo azote, si no contesta pronto necesitaré usar el cinturón, pregunto de nuevo:

—¿Quien eres?

—¡Tu puta!

Escupe la respuesta, no es exactamente lo que quería pero tendrá que valer esta vez, entonces formulo la última pregunta:

—¿Y quien soy yo?

Silencio, ¡¡Plasss...!! Noveno azote, me pica la mano y el tono purpura de su culo indica que debe estar en llamas, ¿porque se resiste entonces?

¡¡Plasss...!! Decimo azote, si no contesta usaré el cinturón sobre piernas y espalda, no creo que su culo toleré más castigo, pregunto de nuevo:

—¿Quien soy yo?

—¡Mi nene!

Solloza su respuesta, ni su amo ni su dueño, solamente "su nene". Durante unos minutos seguimos así: ella con el culo en pompa sollozando y yo meditando si dejarlo aquí o seguir. Al final lo dejo, no puedo seguir, no soy un sadico y su culo duele con solo mirarlo. Tal vez me haya pasado, ¿porque tiene que ser tan terca?, ¿porque me ha golpeado? No entiendo a las mujeres e intuyo que nunca lo haré. Acaricio su espalda mientras le digo:

—¿Ves como no era tan difícil?, ¿tanto te cuesta recordar tu lugar? Esto me ha dolido más a mí que a ti puedes estar segura. No soy un sádico mami, no me hagas comportar como uno. Anda tumbate en la cama y vamos a curar ese culito.

Raquel se levanta con dificultad mostrándome su cara también encarnada por el llanto, su mirada baja no se cruza con la mía cuando dócilmente se tumba sobre la cama. En el baño rebusco entre sus potingues hasta que doy con algo que pueda servirme, es extracto de Aloe Vera. Me siento junto a ella en la cama, unto mis dedos en la crema y con todo el cuidado que soy capaz deslizo mis dedos por las enrojecidas nalgas arrancándole primero un estremecimiento y después un suspiro de alivio.

Durante casi media hora adoro su culito con mis dedos, calmándolo hasta que sus suspiros de alivio se convierten en gemidos de placer. ¿Estará cachonda?, llevo mi mano entre sus nalgas hasta su coñito y al tocarlo siento su extrema humedad, empiezo a acariciarlo mientras mi rabo cobra vida hasta que Raquel sorpresivamente se levanta y tumbándome en la cama se empala de golpe. ¡Dioss!, no voy a acostumbrarme nunca a esta sensación. Su coño estruja mi polla como un guante de terciopelo dispuesto a extraer todo el placer que pueda dar. Se mueve sobre mí como una diosa nórdica sobre su montura, me mira con fuego en sus ojos y acerca su cara hasta pocos centímetros de la mía y pregunta:

—¿Quien eres?

Se levanta hasta casi sacar toda mi polla y después se deja caer empalándose de golpe en una increíble mezcla de placer y dolor. No contesto y repite de nuevo, una y otra vez en la follada más salvaje que jamas hayamos pegado. Hasta que contesto gritando de placer:

—¡¡Tu nene!!

Solo entonces se detiene un poco y sonríe para volver otra vez a empalarse de manera brutal mientras pregunta:

—¿Y quien soy yo?

¿Que debo responder a eso?, mi puta creo que no, tal vez... Una nueva embestida me lleva sobre el borde y grito mi orgasmo y mi rendición a un tiempo:

—¡¡Mi mami!!

Ella colapsa sobre mí y siento como su orgasmo la electriza y sus jugos bañan mi entrepierna. No tengo ni puta idea de que ha pasado pero ha sido increíble. Follar esta bien pero esto sin duda es otro nivel, cuando Raquel abre los ojos lee la sorpresa en los míos y dándome un suave piquito responde a mi muda pregunta:

—Alejandro, mi nene. ¡Que dulcemente ingenuo eres a veces! ¿No lo entiendes aún cielo? Tú eres mío y yo soy tuya, nos pertenecemos. Así que si vuelves a acercarte a cualquier putita te corto esta.

Una contracción de su vagina me dejo claro a que se refería, al parecer mi madrastra creía que yo era de su propiedad... No entendía su interés ni quería mirar más allá, si el sexo a partir de ahora iba a ser así de bueno no sería tan gilipollas como para quejarme así que me limite a besarla mientras mi polla recuperaba su dureza; dentro de la gruta de placer que era su coño hasta que mi madrastra rotó sus caderas y preguntó juguetona:

—Parece que mi nene quiere seguir jugando con mami. Mmmm, sí que pollón que tienes, te la voy a dejar sequita.

Estuvimos follando como leones y solo entrada la noche y con los

huevos como pasas soltó su presa y me quedé allí dormido en la cama
con ella.

CAPÍTULO 5

Por la mañana me desperté con mis tripas rugiendo de un apetito que no podía saciar en la cama, la cabeza y parte del cuerpo de Raquel cubrían el mío como una cálida sabana. Me sentía como un rey, como un rey no, como un dios porque tenía un preciosa diosa entre mis brazos. Seguía sin entender que había pasado el día anterior, solo que era algo increíble y que había dado un giro a nuestra relación. Raquel ahora se entregaba voluntariamente a mí sin necesidad de coaccionarla y parecía sentirse con el derecho de reclamarme como de su propiedad. ¿Y si era una trampa para que me relajase y le entregara los vídeos? Podía ser, sería algo muy retorcido pero había escuchado en boca de mi padre que las mujeres son capaces de eso y más. ¿Cómo saberlo? No tenía ni idea, disfrutaría el presente intentando no bajar la guardia. Acaricie el oro de su pelo suavemente y dibuje el contorno de su cara, no me cansaba de mirarla y compartir cama con ella aún era mejor de lo que me había imaginado. Mi madrastra acabo despertándose, alzo su cabeza y me miro sonriente al decir:

—¿Cómo ha dormido mi nene?, porque su mami ha dormido fantásticamente y muy calentita.

Me dio un dulce pico en los labios, se separo y yo respondí:

—Muy bien, nunca había dormido mejor mami.

—Jajaja, zalamero que eres un zalamero. Tú lo que quieres es volverte a follar a mami con ese duro pollón que tienes. Está bien, pero suave, mami está aún un poco dolorida de la tralla que me diste anoche.

Raquel se tumbó de espaldas atrayéndome sobre ella, lleve mi mano izquierda a su coñito y tras comprobar que estaba húmedo me posicione y suavemente se la metí, ella cerró los ojos y dejo escapara un gemido antes de decir:

—Mmmmm, ¡Así, que bueno!, suave, dale gusto a mami, suave.

Llevé mi boca a sus preciosas tetas y mamé de ellas con ganas mientras que mantenía un suave mete saca en aquel delicioso coño que me producía tanto placer, pasamos así largo rato hasta

que Raquel alcanzo un largo orgasmo que gritó de forma tronadora, después cogió mi cara y me asome a sus cálidos ojos que brillaban de felicidad y decía:

—¡Eres el mejor cielo!, nadie me había dado tanto placer como mi nene. Ahora te toca a ti, correte en el coñito de mami, riégalo con tu leche.

Empecé a bombear en su coño hasta correrme en un orgasmo largo y placentero que drenó mis energías y me hizo colapsar sobre ella que me acogió con cariño hasta que fui capaz de levantarme y tumbarme a su lado.

Estuvimos así mucho rato, abrazados y dándonos dulces besos. Suponía un contraste agradable después de lo anterior, pasaban las doce cuando salimos de la cama y comimos en el salón en ropa interior. Por primera vez tuvimos una conversación sincera y fluida, Raquel me preguntó por mis aficiones, mis sueños y mis opiniones mostrándose sinceramente interesada por conocerme y yo hice lo mismo con ella dando paso a una nueva intimidad entre nosotros. Después de comer nos sentamos en el sofá abrazados acariciándonos suavemente mientras veíamos una película sin llegar a más, mi madrastra estaba agotada y no sería yo el que por codicia acabara con la gallina de los huevos de oro. Tras la cena me cogió de la mano y me llevó a su cuarto y al llegar dijo:

—Solo vamos a dormir nene, a partir de ahora esta será tu cama mientras tu padre no esté.

Mi madrastra iba cumpliendo mis sueños sin necesidad de presionarla, asentí feliz y en la cama la abracé dándole un casto beso antes de decir:

—Eres maravillosa mami.

A la mañana siguiente a pesar de no tener un "despertar feliz" me levante animado y me fui al instituto con cara de bobo. Era feliz, cuando mis compañeros se hacían pajas yo ya estaba follando con una diosa, una diosa a la que además hacía disfrutar y que me permitía compartir su cama. Aquel día lo pasé perdido en mi nube y regresé a casa corriendo para ver a mi diosa.

Al llegar a casa mi madrastra me abrazó y me beso pero frenando el intento de mis manos por sobar su precioso cuerpo y separándose dijo:

—Nene, tenemos que hablar.

Conocía muy poco a las mujeres pero sabía que esas palabras generalmente eran malas noticias. Así que me preparé para defender el terreno ganado con ella. Debió intuir algo de eso en mis ojos porque añadió:

—Tranquilo mi nene, no es nada malo, todo lo contrario.

Me dejé conducir hasta el salón siendo consciente del silencio que indicaba que el servicio no estaba en casa. Mi madrastra me hizo sentar a un costado de la mesa y ella se sentó frente a mí como si nos dispusiéramos a negociar.

—Primero quiero decirte que me siento muy bien contigo y que mi intención es seguir así..., si tu quieres claro.

—Sí por supuesto.

—Excelente, he modificado el horario del servicio, ahora solo estarán aquí de lunes a viernes y de nueve a dos así que siempre estaremos solos los dos, excepto cuando venga tu padre.

El viejo, era una piedra en mi zapato, una molestia necesaria y el precio a pagar por mi felicidad. Mi madrastra continuó:

—Cuando el esté presente nos comportaremos como hasta ahora, esposa e hijo. Créeme si te digo que a mí me hace menos gracia que a ti. Es un mal necesario, si me divorciase de él apenas nos veríamos.

Tenía razón, además el viejo casi no pasaba por casa, siempre de viaje de negocios. Era un bajo precio por lo que obtenía, de alguna forma me molestaba que se follase a mi chica. Empezaba a sentir que ella era de mi propiedad, algo impropio en un crío de quince. Tendría que ver como mantener nuestra relación de un modo más liberal, asentí de nuevo y ella siguió exponiendo la situación.

—Quiero además que a partir de ahora ambos seamos sinceros y hablemos de todo como dos personas adultas, no quiero que tengamos problemas por falta de comunicación, ¿entendido?

—Claro Raquel, estoy de acuerdo.

—Perfecto, en lo que respecta a tus estudios no quiero sorpresas, es más a partir de ahora también estudiaremos en casa para que el día de mañana estés en condiciones de dirigir la compañía.

Esto no me hacía gracia, lo que yo quería era follar y follar, no estudiar como un cabrón, mi madrastra me conocía bien porque tras el palo saco la zanahoria.

—A cambio yo te compensaré con ciertos regalitos por cumplir objetivos. Además me encargaré de relajarte después del "duro" estudio...

Eso estaba mejor, bastante mejor. No obstante pregunté:

—¿Porque las clases particulares?, tendré tiempo de estudiarlo todo en la universidad.

—Tal vez sí y tal vez no. Tu padre no se cuida, vive por la compañía, si le pasara algo tú debes estar en condiciones de dirigirla..., claro que yo te ayudaría.

—¿Y tú?, tu podrías...

—Sí, pero tú eres el heredero. ¿Quieres disfrutar como un adulto?, pues también tienes que cumplir con sus obligaciones, ¿entiendes?

No, en el fondo no lo entendía, ¡tenía quince joder! Pero viendo que mi madrastra no iba a bajarse del burro acepté como un tributo por disfrutar de su cuerpo.

—Tú ganas, lo haré, seré un buen alumno si tu eres una buena maestra.

Raquel me sonrió al decir:

—No lo dudes, no tendrás queja de tu maestra... Y ahora vamos a comer que después tenemos que ir de compras.

—¿De compras?

—Sí, no me gusta nada como te vistes. Así que vamos a comprarte un vestuario para cuando salgamos juntos y esto lo podrás seguir llevando en el instituto. También te voy a inscribir en mi gimnasio, un entrenador personal te hará un planning para desarrollar ese cuerpo que me vuelve loca. Si yo me machaco en el gimnasio para ti es justo que tu hagas lo mismo.

Estudiar, gimnasio, empezaba a vislumbrar que follar no me iba a salir gratis, sino estuviera tan buena la cabrona... No había mencionado el tema de los vídeos, ahora mismo no me sentía muy orgulloso de tenerlos y creía que era sincera con sus intenciones así que se los ofrecí:

—Esto..., los vídeos. Ahora mismo los borro.

—Como quieras, por mí puedes quedártelos, considéralo una prueba de lealtad por mi parte.

Indeciso al final cogí el móvil y los borré, mi madrastra me obsequio con una sonrisa y dijo:

—Gracias, te agradezco que creas en mí, en nosotros. ¡Y ahora a comer!, tenemos mucho que hacer.

Después de comer fuimos al centro comercial, primera parada la peluquería. Mi madrastra quería un corte de pelo más varonil para mí, que me hiciera parecer mayor y yo no supe decirle que no así que mechón a mechón fui perdiendo mi oscura melena hasta quedarme en un corte de pelo tipo ejecutivo con el que me veía un poco ridículo. Después en las tiendas me vi vestido y desvestido como un maniquí: vaqueros ajustados, camisas, chaquetas, ¡incluso un par de trajes! que me hacían lucir como... mejor dejarlo. Esto de complacer a mi madrastra se me estaba haciendo cuesta arriba, menos mal que después la cosa mejoró al escoger ropa para ella. Me pidió consejo en la tienda de lencería haciéndome enrojecer frente a la dependienta, después en los probadores me mostró como le quedaban ciertos trapitos que se compraba en mi honor, ¡y joder si valía la pena vestirme como un Ken si podía así ir del brazo de mi Barbie!. La última parada fue el gimnasio donde me abrieron la ficha de socio y Raquel le preguntó a la chica de recepción por los servicios de un entrenador personal. Le comentaron que en ese momento estaban todos los entrenadores ocupados y que sólo estaba disponible Vanesa, Raquel me miro sonriendo y dijo que perfecto. Estaba visto que yo no tenía ni voz ni voto en la cuestión y al cabo de unos minutos apareció ella saludándome:

Cuando la vi la verdad es que me sorprendió bastante

—Hola, ¿que tal? Yo soy Vanesa.

—Ehh, hola yo soy Alejando...

Nos estrechamos la mano y sentí la tersura de su piel. Lo que me hizo quedarme un poco absorto. Vanesa era una mujer de unos 30 años muy atractiva, cosa que me intimidó. Tenía una mirada muy seductora, penetrante. Piel blanca, labios delgados pero sensuales, una bonita coleta estilo colegiala que era tremendamente erótica...y un cuerpazo.

No estaba tan buena como mi madrastra (eso era imposible) pero al menos me alegraría la vista.

Raquel pacto con ella las sesiones, tres por semana para comenzar, y quedamos para el día siguiente. En el camino a casa Raquel me pregunto:

—¿Que te ha parecido la entrenadora?, ¿es guapa verdad?

Me puse rojo antes de negar lo evidente.

—No..., no me he fijado.

—¡Mentiroso!, puedes decírmelo no me enfadaré, se que tienes ojos en la cara y Vanesa es un bombón. Solo recuerda que esto es mío.

Con la mano derecha apretó mi paquete de forma juguetona y al comprobar que estaba morcillona me miró lujuriosa y dijo:

—Estoy deseando llegar a casa para comértela.

Mi polla se puso dura al instante quedando dolorosamente comprimida por mis pantalones, yo también estaba deseando llegar a casa.

Al entrar agarré su culo y ella paso sus brazos por mi cuello y sus piernas por mis caderas, mientras íbamos a su cama nos íbamos besando con lujuria, juntando nuestras lenguas, invadiendo nuestras bocas. Tardamos muy poco en estar desnudos los dos, el cuerpo de mi madrastra era una obra de arte esculpido día a día en el gimnasio, su culo era lo más perfecto que había visto, suave, respingón, con su justa dureza, tenía que follarla el culo sí o sí.

Mi madrastra me tumbo en la cama y me miro con ojos de gata en celo, agarro mi polla y la pajeo suavemente.

—Ummmm, que preciosidad de polla, larga, gorda y suave.

Se metió más de la mitad en su boca, y empezó a hacerme una mamada tranquila, ponía todo su empeño, pero lo que más me ponía es que casi la hacía desparecer dentro de su boquita, me miraba a los ojos con cara de placer y yo estaba que no aguantaba más.

—¡Que bien la chupas mami, joder me voy a correr, me corro, me corrooo.

El primer trallazo de leche fue a su paladar, el resto regó su cara, se la deje echa un cromo, con churretones de leche cruzando su carita.

—Como me gusta esto —dijo Raquel excitada. —, tú también sabes muy bien, me encanta tu sabor.

La besé, así como estaba con la cara llena de mi corrida, la bese con pasión, estábamos los dos de rodillas, ella agarraba mi polla y la pajeaba, no había perdido ni gota de dureza, estaba lista para lo que la echasen, yo a su vez pasaba mi dedo corazón a lo largo de su rajita, estaba muy mojada, la empuje suavemente y la puse en cuatro, me dejo ver esa preciosidad que tenía entre sus piernas, apunte a su chochito y de un golpe de caderas se la metí hasta los huevos.

—¡Ahhhh! Joder, despacito león, que todavía lo tengo sensible de ayer.

Era un visión lujuriosa, ver a mi madrastra, de esta guisa, viendo como su coño se comía mi rabo hasta los huevos, y notando los suspiros de placer que tenía, me tenía muy excitado, la follaba sin prisas, sacando mi polla hasta que casi se salía y metiéndosela hasta que mis huevos chocaban con su coñito, quería que notase toda mi extensión entrando en ella.

—Joder, que bien follas, ummm, me vas a hacer correr, asiiiiii, follame más fuerte, follame con fuerza…mássss, siiiii, dame fuerte.

Empecé a bombearla con fuerza, clavando mi polla en lo más hondo de su encharcado coño, mi madrastra gritaba de placer, estaba a punto de correrse, vi su anito, abierto, pidiendo ser penetrado, me chupe mi dedo pulgar y lo paseé por su esfínter, ella emitió un gemido largo, y sin preguntar se lo metí.

—Hijo de putaaa, que gustooo, por Dios, sigue no pares, no se te ocurra parar que te matoooo…me corrooooo…siiiiiiiiiiiiiii.

Vi como el cuerpo de Raquel convulsionaba, su piel se erizó y note las contracciones en mi polla, yo seguía follándola sin compasión, en su dormitorio solo se escuchaba el chocar de mi pelvis contra su culo y sus gritos, su orgasmo fue tan fuerte que casi me arranca el dedo que tenía metido en su culo.

—Ufffff, para, para nene, déjame recuperarme, eres increíble me has hecho ver las estrellas.

Mi madrastra se tumbó boca abajo con mi polla todavía dentro, la sensación era increíble, me dedique a besarla por la espalda, empecé a mimarla, ella ronroneaba como un tigresa, movía sus caderas, yo no me había corrido y lo necesitaba, pero no lo quería así, me salí de su interior, mi polla estaba brillante de su corrida, empecé a besarla la espalda, bajando por ella, al llegar a su culo abrí sus cachetes y lamí con ansia su anito, ella gimió de nuevo.

—¿Qué me quieres hacer ahora?, me has dejado hecha polvo con el orgasmo que he tenido y no te has corrido, dime, ¿Qué quieres de mami? Dijo lujuriosa.

—Te voy a follar el culo, no hay nada que me ponga más ahora mismo que follarte ese culo tan bonito que tienes.

—¿Por qué los tíos siempre piensan que a las tías nos gusta que nos den por culo?

Me dejo descolocado su pregunta, pero si dudaba ahora, iba a quedar como un pringado frente a mi madrastra. La mire a los ojos y la besé de forma libidinosa, Raquel me respondió al beso con más ímpetu aún, me tire a la piscina, aun a sabiendas que me podía dar un tortazo.

—No me vengas con esas ahora, ese culo ya ha probado el placer de ser follado, lo tienes bien abierto, y desde que te vi por primera vez solo deseaba follarlo.

Raquel me miro muy seria, me hizo sentarme con mi espalda apoyada en el cabecero de la cama, ella se sentó a horcajadas sobre mí, mi polla noto nuevamente en calor de su coño, me beso nuevamente, con cariño, mientras sus caderas se movían sobre mi polla.

—De acuerdo, dijo, mi culo no es virgen ya lo sabes, pero como es tu primera vez prometeme que serás suave y obedecerás mis indicaciones.

—Por supuesto mami para mi será un placer follarte ese precioso culo que tienes.

Mi polla estaba como una barra de acero, Raquel levantó sus caderas y se metió mi polla en su coñito, empezó a follarme, el placer era enorme, la empecé a comer las tetas, la situación era morbosa y muy excitante, mis huevos estaban cargaditos de nuevo y deseaban vaciarse. Mi madrastra cabalgaba encima de mí, amasaba su culo, era perfecto, ensalivé mi dedo corazón y se lo metí en su culito, su gemido largo me dijo lo que estaba gozando.

—Eres un cabrón, sabes lo que me gusta y eso me preocupa. —dijo Raquel.

Diciendo esto, saco mi polla de su coño, brillante, empapada de sus jugos y quitando mi mano la enfilo a su culo, se dejó caer poco a poco, le comía las tetas veía su cara entre el placer y el dolor, pero hasta que no se la metió hasta los huevos no paró, me miro con lujuria y me beso mordiéndome el labio hasta hacerme gritar de dolor.

—Joder mami, casi te quedas con un cacho.

—Que te duela, como me está doliendo a mi cabrón, dijo Raquel con gesto de dolor.

Y una mierda, esta cabrona se empezaba a comportar como cuando estaba al mando, de forma autoritaria y déspota, estábamos disfrutando, tenía que entenderlo. Me agarré de su precioso culo y mi polla empezó a follarse ese anito abierto que tenía, el bombeo era brutal, la mordía las tetas, lamia sus pezones y se los estiraba con los dientes hasta hacerla chillar.

—¡¡Para!!, por Dios para que me vas a matar.

—No te voy a matar zorra, vas a disfrutar como nunca lo has hecho, porque nunca te han follado con una buena polla joven como la mía.

La di un fuerte azote, a lo que ella emitió un gemido largo, su cara se había transformado, era la viva imagen del deseo, se abrazaba a mí, gemía gritaba, movía sus caderas de forma hipnótica, estaba al borde de mi aguante, quería que se corriese conmigo y sabía que no iba a tardar mucho, decía frases ininteligibles.

—Por dios nene, no paresss, me corrooooo…no aguanto massss… ¡¡Ahhhhh!!... Síiiii.

Note las contracciones sobre mi polla, y exploté, empecé a largar chorros de leche en el culito de mi madrastra, mientras le comía las tetas y ella gritaba de gusto, fue un orgasmo tan largo que nos dejó abrazados durante más de veinte minutos, recuperándonos mientras nos besábamos y nos dábamos cariño.

—Nene, ha sido uno de los mejores orgasmos de mi vida. —decía Raquel, me besaba la cara, y me miraba con picardía.

—Te aseguro, que lo puedo mejorar, le dije, solo déjame recuperarme.

—Me has llamado zorra, creo que debería de molestarme.

—Pero no lo vas a hacer por sabes que te gusta cómo te trato, ¿a qué si putita mía?

Me miro muy seria, sabía que no me había equivocado, pero me acojonó esa mirada, empezó a cambiar y su cara empezó a ser risueña, de sentirse a gusto.

—Sabes, cuando me hiciste chantaje pensé que sería la peor experiencia de mi vida. En esos pocos días, me demostraste lo que es ser un hombre, un hombre de verdad, nadie me había cuidado como lo hiciste tú. Ahora me estás demostrando lo mismo, pero encima sabes lo que me gusta, como me gusta que me traten en todo momento.

Estuvimos follando toda la noche, Raquel no paro de tener orgasmos y yo quedé agotado, cuando nos dormimos, la abracé, me miro con cariño, se acurruco contra mí y se quedó profundamente dormida, la miraba y a cada momento me gustaba más.

Al día siguiente después de comer mi madrastra se negó a que jugáramos un rato antes de ir al gimnasio así que a las cuatro estábamos allí, yo iba de morros, frustrado y caliente, al despedirme frente a los vestuarios Raquel me dio un beso en la mejilla y me susurro al oído:

—Portate bien y tu mami te compensara en casa.

Algo más animado me fui a cambiar y salí en busca de Vanesa. Allí estaba con sus zapatillas, sus pantaloncitos cortos y un top deportivo que delineaba su privilegiada figura.

—Hola Alejandro, ¿listo?

—Supongo que sí.

—¿Supones?, jajaja, que gracioso el nene. Anda vamos.

Seguí dócilmente a mi entrenadora mientras ella decía:

—Ya te he diseñado un plan exprés. Si lo combinas con una dieta rica en proteínas en 2 meses empezaras a marcar músculo como desea tu madre.

Me abstuve de corregirle diciendo que era mi madrastra, ¿y después que, le contaba que follábamos? No, mejor no.

Empecé a entrenar, y bueno conseguí concentrarme en lo que hacía. Me dio mucha vergüenza tener esos pensamientos. No quería ser el típico tío baboso del que ella estaría harta de ver y escuchar en su trabajo. Así que me propuse a entrenar a tope.

Tras ese primer día simplemente me hizo chocarle la mano. Me fui al vestuario sin poder evitar girarme para admirar una vez más ese increíble culo.

Al salir del vestuario mi querida madrastra me preguntó qué tal con la entrenadora personal. Simplemente dije "bien", y evadí la cuestión. En casa follamos a pesar de mis agujetas.

Los días en el gimnasio fueron pasando, Vanesa me ponía rutinas cada vez más duras.

Otro día durante la sesión se acercó mi madrastra junto con Carmen, otra mujer florero divorciada de un marido mayor que mi viejo, morenita en la treintena 1,60 pero con todo muy buen puesto y una cara de zorrón que desprendía lujuria a su paso. Raquel saludo a Vanesa y pregunto:

—Hola Vanesa, ¿que tal va mi nene?, ¿se porta bien?

—Sí, es un cielo y cumple todas mis ordenes, ¿verdad Alex?

—Sí jefa.

Estaba haciendo un ejercicio en una maquina sobre el tren inferior que me hacía marcar el paquete, animado ya por los continuos roces con Vanesa. Eso no paso desapercibido para las visitantes pero fue Carmen la que comento:

—Sí ya vemos como se está desarrollando el nene, Raquel pronto vas a tener que encerrarlo no sea que te lo quite una loba, jajaja.

—No lo creo, mi nene ya tiene suficiente con su mami...

—¡Ay Raquel!, tu niño se hace mayor y pronto querrá volar.

Zanjo Carmen, las dos se marcharon y Vanesa me miro de forma curiosa antes de proseguir la lección. En el coche de vuelta para casa me propuse tranquilizarla:

—Respecto a lo que ha dicho Raquel no tienes que preocuparte, solo quiero estar contigo.

—Lo sé mi nene, lo sé, pero Carmen tiene razón en que te haces mayor y debes experimentar... Tu mami se encargara de todo cielo.

CAPÍTULO 6

Al llegar a casa me puse a meterle mano pero esta vez mi madrastra no se dejo, en su lugar vino a mi habitación y escogió indumentaria de entre la ropa que me compro para salir juntos: unos vaqueros, una camisa blanca y una chaqueta oscura de corte actual junto a unos zapatillas y me dijo que en media hora estaría lista. Me vestí y esperé pacientemente hasta que salió vestida con unos vaqueros con varios rotos, blusa blanca, cazadora vaquera y unas botas sin tacón a media altura. Su maquillaje escaso y su labial rosa claro le daban un aire juvenil de chica de veinte. En el coche me dio un dulce pico y me contó el plan:

—Tú y yo comenzamos fuerte, muy fuerte. No quiero que te pierdas las experiencias propias de tu edad, las primeras citas de burguer y cine, las discotecas y todo lo demás así que hoy vamos a cenar en un burguer y después al cine.

Sorprendido es poco para describir como me sentía en estos momentos. Estaba habituado a ver a Raquel con vestidos de cóctel y cenando en restaurantes de lujo. Me parecía increíble que quisiera entrar en un burguer..., y sin embargo lo hizo. Fuimos a un local de una conocida franquicia en la otra punta de Madrid y allí descubrí a una nueva Raquel, una chica joven, alegre y muy divertida que no tenía problemas con embadurnarse las manos de ketchup al comerse una grasienta hamburguesa. Después fuimos al cine, estaba dentro del propio centro comercial. Para mi sorpresa, ella me agarró del brazo en plan pareja de novios. La miré y nos sonreímos.

Llegamos a las taquilla para ver las películas que había disponibles, escogí una peli romántica de adolescentes pues supuse que era lo correcto, Raquel me premio con una sonrisa y un casto beso en la mejilla. Entramos, y curiosamente había bastante gente en la sala. Yo la esperaba bastante vacía, pero bien es cierto que no solía ir al cine y menos a esas horas. Nos sentamos en la última fila, entre otras dos parejas. Quedaba todavía para que empezara la película y ella quiso ir al baño, le hice hueco como pude para que pasara pero no sé si con intención o sin ella puso su precioso culo muy cerca de mi cara. Dirigí mi mirada hacia la suya pero no me correspondió, seguí mirándola y cuando llegó al final de la fila y comenzaba a bajar las escaleras me miró y me sonrió.

Volvió del baño y volvió a acercarse mucho a mi cara, en ese momento volvía a estar envalentonado y pese al público la rocé el culo descaradamente con las manos.

Comenzó la película. La miré pero ella no me hacía caso. Pasó el tiempo y ella deslizó sus piernas hasta tocarse con las mías. Hacía algo de frío porque estábamos debajo de la salida de aire acondicionado, así que ella me pidió taparse con mi chaqueta. Con mucho gusto se la puse sobre su cuerpo y en ese instante la cosa se animó, se recostó sobre mi pecho. Afortunadamente los brazos de los asientos eran muy estrechos. Así que podía rodear sus hombros con lo que el contacto de su espalda con mi pecho era prácticamente total. En esa postura su mano estaba ya tan cerca de mi pierna que solo tuvo que moverla ligeramente para posarse sobre ella.

Mi mano comenzó a rozar su brazo izquierdo acariciándolo. Ella hizo lo propio con mi pierna, así que el siguiente paso mío fue acariciar la cara externa de su pecho. Ella cogió la chaqueta y me tapó la pierna y el paquete, subió su mano hasta el mismo y comenzó a rozarlo por encima del pantalón. Mi polla no tardó ni dos segundos en crecer de forma alarmante y le correspondí acariciando su pezón izquierdo que tampoco tardó demasiado en endurecerse. La pareja que estaba a mi lado inexplicablemente se marchó y no pudo venirnos mejor. Al otro lado la pareja que había estaba en una posición similar a la nuestra, quizá haciendo lo mismo. El caso es que no miraban, estaban de espaldas. Mi madrastra metió la mano como pudo debajo de mi pantalón y de mi slip. La postura era incómoda, así que me levanté para bajarme los pantalones hasta las rodillas.

No decíamos nada, tan sólo suspirábamos. Ella comenzó a masturbarme de una forma sensual, delicadamente. Yo estaba completamente empalmado y me moría de ganas de tocarle a ella, pero era complicado por la postura. Aún así me las ingenié para meter mi mano bajo su camiseta y acariciar sus pechos por dentro. Se había quitado el sujetador y pude acariciar suavemente tus pezones ya completamente erectos. Su piel no era de este planeta, suave y aterciopelada.

En aquel momento la cogí de la barbilla, le giré la cabeza y la besé. Fue un beso tremendamente erótico en el que nuestras lenguas lucharon por imponer su fuerza sobre la otra. Noté sus húmedos labios contra los míos y mordí los suyos suavemente a lo que ella me respondió con un mordisco aún mayor. Nos miramos, ella se giró mientras cambió de mano para masturbarme. Puso su pecho contra el mío dejando el culo expuesto a la otra pareja. La apreté contra mí, y mi mano derecha se coló entre sus pantalones. Llegué hasta su entrepierna y el minúsculo tanga que llevaba no fue un obstáculo para mis dedos. Acaricié su monte de venus completamente rasurado de nuevo

—Puff, como te lo voy a comer—le susurré.

—Mmmmm, y yo a ti.

Le besé y seguí mi camino hacia su coñito. Ya había empezado a lubricar pero su clítoris estaba seco, con lo que bajé todo lo que la postura me permitió hasta sus labios vaginales y recogí el flujo que empezaba a emanar. Lo subí hasta su clítoris y comencé a lubricarlo. No era suficiente, así que saqué la mano de entre sus piernas y llevé los dedos a mi boca, los chupé mientras la miraba. Ella cambió su gesto aún más, la lujuria rezumaba de sus labios y yo me moría de gusto saboreando sus fluidos.

Volví a bajar hasta su entrepierna y humedecí más su clítoris que ya había crecido a su punto de no retorno. La masturbación mutua que nos estábamos regalando combinada con el sabor de sus labios cuando nos besábamos y el ambiente prohibido en el que estábamos me tenían al borde el éxtasis.

No nos importaba nada y comencé a besar su cuello, ella emitía ligeros gemidos, más aún cuando mi dedo hacía círculos sobre su clítoris completamente hinchado. Círculos, eses, lo frotaba con los dos dedos de lado a lado… Ella acariciaba mis testículos, volvía a coger todo el tronco de mi ya durísima polla y a masturbarlo con frenesí. Nos miramos, estábamos incendiados. Conseguí bajar un poco más y penetrarla con dos dedos, estaba completamente chorreando. Volví a subir a su clítoris y a jugar de nuevo. Ella arqueó su cuello hacia atrás, no la quedaba mucho para correrse y a mi menos. Volví a penetrarla con mis dedos y ella me mordió la barbilla.

—Siii, frótame el clítoris vamos.

Frote su clítoris con la velocidad adecuada, en ese momento ya usaba toda mi mano. Ella hacía lo mismo con mi polla, ella no se cortó:

—Síii joder me corro joderrrrr

Yo sólo pude emitir un bufido cuando eyaculé sobre su mano. El esperma fue bastante abundante, me manché los pantalones, su mano, su camiseta… Nos miramos de nuevo y sonreímos.

Terminamos de ver la película, y aunque me acabo gustando no le presté mucha atención. Me apunté mentalmente volver a ir a verla.

Justo al terminar ella me susurró al oído:

—Esto ha sido muy romántico. Ahora vamos a ir a casa y me vas a follar como me merezco.

Me miró con una cara llena de lujuria. La mordí literalmente el labio inferior y ella lamió mi barbilla.

Nos recolocamos como pudimos y nos fuimos a su casa. Aquello era un placer diferente, no era lo mismo que follar pero también tenía su gracia sentir aquel intimo contacto de los labios y las caricias sobre la ropa me hacían valorar aún más lo que tenía con ella, sin duda era un chico muy afortunado. Al llegar a casa nos desnudamos e hicimos el amor con una intensidad más plena tal vez.

El viernes volvimos a salir, esta vez después del burguer fuimos a una discoteca dentro del plan de Raquel por descubrirme los placeres adolescentes, Raquel vestía igual que cuando salimos al cine y al pararnos frente a la discoteca me dijo:

—Tú aparenta seguridad, con esta ropa y tu estatura parece que tengas veinte, confía en ti y ellos lo creerán. Ahora cogeme de la cintura y vamos a entrar.

Pasamos hacía el interior sin que el portero nos parase aunque creo que mas que por mi actitud fue porque no le quitaba ojo a Raquel, en especial a su culito que embutido en los vaqueros estaba rompedor. Tras las cortinas acústicas nos recibió la música electrónica demasiado alta para mi gusto. Tenía ambiente universitario, a decir verdad era de los mas jóvenes de el local. Se podían ver chicos arreglados bastante pijos y chicas con vestidos cortos y muy maquilladas. Raquel me ordeno pedir un par de copas mientras ella comenzaba a bailar sola dejándome claro que para mi nada de alcohol, estuve un rato en la barra hasta que conseguí captar la atención de la camarera y con mi tónica y su combinado en las manos me acerqué a la pista. Allí como una sirena mi madrastra se contorneaba con los ojos cerrados disfrutando de la música…, y rodeada de buitres que miraban hambrientos sus tetas y su culo cimbreantes. Di unos pasos hasta quedarme frente a ella que abrió los ojos y cogiendo su bebida con la otra mano me forzó a bailar con ella. No me gusta bailar y me sentía ridículo allí en medio, Raquel entonces acercó su boca a mi oído para decir:

—Los chicos de tu edad si quieren mojar deben seducir a sus amigas: baila para mí.

Cerré los ojos para abstraerme del público e intentar moverme como ella quería, poco a poco fui abandonando mi rigidez y a pesar de no bailar bien parece que Raquel estaba satisfecha con mis progresos. Nos pasamos allí cerca de dos horas hasta que con su cuerpo perlado en sudor igual que el mío Raquel decidió salir de la pista y de la mano me condujo a un extremo de la sala donde hay cómodos butacones y parejas acarameladas, me obligó a sentarme en uno y se subió a horcajadas sobre mí diciendo:

—Has sido bueno nene, ahora toca tu premio.

Sus labios buscaron los míos y empezó a comerme la boca, reaccioné enseguida, mi lengua salió al encuentro de la suya y se batieron en duelo entre nuestras bocas. Sus manos empezaron a acariciar mi cabeza y mi torso mientras las mías cazaron aquel culito que me había puesto malo en la pista de baile. Pronto su entrepierna empezó a frotarse con el bulto de mi pantalón y cuando hice ademán de levantarme me dijo:

—No, aún no, dejame disfrutar un rato más así.

Obediente seguí besándola y acariciándola cada vez más caliente hasta llegar al punto que experimente en el cine donde el placer se mantenía estable y sin llegar a los fuegos artificiales del orgasmo se sentía bien. Esperaba que al menos esta vez en casa llegáramos al final.

De madrugada abandonamos la discoteca cogidos de la mano como una pareja de novios y en el coche en vez de ir directamente a casa Raquel me llevo a un mirador y al llegar dijo:

—Aquí solía venir yo con mis novietes, aquí perdí mi virginidad y ahora quiero tener un recuerdo contigo de este lugar.

Pasamos al asiento trasero y volvimos a morrearnos como adolescentes, Raquel se quito la blusa y el sujetador dejando sus preciosas tetas a la vista bañadas por la luz de la luna, sus pezones se alzaban desafiantes señal de que estaba tan excitada como yo. Me amorré a ellos devorándolos con hambre mientras Raquel concentrada en su placer dejaba escapar gemidos mientras frotaba su entrepierna contra mi bulto hasta el punto que noté una leve humedad en ellos fruto de su excitación, llegado un momento Raquel se separó y me dijo:

—Hoy te has portado como un buen novio así que te mereces un premio.

Me miró lujuriosa mientras sus manos soltaban mi cinturón y bajaban mis pantalones y bóxer, sin dejar de mirarme bajo la cabeza y se trago mi rabo, sus labios resbalaban a lo largo del miembro arriba y abajo, mientras su boca hacía algo de vació alrededor del glande. Noté que la boca de Raquel cada vez se metía más profundamente mi polla. Cada vez que salía y volvía a entrar notaba que mi glande acababa más profundamente en esa húmeda boca. Raquel me cogió por el culo y siguió metiéndose más aun mi rabo. Ya apretaba contra su garganta noté que mi madrastra ya era capaz de tragarse todo mi rabo. Una vez más sus labios se deslizaron a lo largo de mi polla y atrayéndome hacía sí Raquel se metió mi polla hasta la garganta. Allí se quedó unos segundos para volver a sacársela hasta llegar la glande y allí la sujetó con sus labios y uso su lengua para juguetear con él un rato. Luego dejó mi polla libre y bajo su lengua hasta su base para lucgo subir lentamente con una gran lamida. Acto que repitió varias veces antes de dar mis cojones un tratamiento especial con sus labios y lengua.

Volvió a subir hasta posicionarse sobre el glande y volvió a abrazar mi rabo con sus labios bajando hasta el fondo, hasta que su nariz choco con mi pubis. Temblaba un poco, no era fácil para ella ir contra sus instintos pero se forzó a hacerlo. Ahora empezó a subir y bajar solo unos pocos centímetros rápidamente de tal forma que mi glande apenas salía de su garganta antes de volver a entrar. Se oían unos rítmicos: "glup, glup, glup" que tanto me calentaban. Después de un rato volvió a concentrar sus esfuerzos en el glande y en darle largos lametones antes de volver a enterrar mi polla en su garganta una y otra vez.

—¡Ahhhhh!, Dios que mamada… estoy a punto de correrme…

Cuando Raquel oyó esto procedió a hacer ese movimiento en el que el glande salía y entraba por apenas un centímetro de su garganta rápidamente. Notó como me tensaba y cuando notó el primer chorro caliente golpear su garganta empujó su cabeza hasta enterrar su nariz en mi vello púbico sujetándose con fuerza a mis nalgas y dejó que la polla de su hijastro se aparcara profundamente en su garganta mientras disparaba varias veces su semen.

—¡Dioss, que placer! eres la mejor mamona del mundo, tienes una boca divina.

Raquel se tragó todo y después de limpiarme mi polla se la sacó y me dijo:

—Me gusta mucho tu polla y tu leche sabe deliciosa mi nene. Ahora para casa a dormir.

Raquel se puso el sujetador y la blusa mientras yo me subía los pantalones. Ya en casa me ofrecí para comérselo pero ella con una sonrisa me dijo:

—No es necesario nene, yo también he disfrutado mucho cielo, vamos a dormir que es tarde.

Mi vida era perfecta ahora, el instituto, el gimnasio y las clases extras de economía eran un bajo precio a pagar por disfrutar del cuerpo de Raquel. El efecto del gimnasio era patente en mi cuerpo aunque dada mi afición por las sudaderas holgadas en el instituto mis cambios habían pasado desapercibidos salvo el corte de pelo que contrastaba con el resto de mi look. Hasta aquel día en la clase de educación física.

Era un día inusualmente caluroso para ser el mes de marzo y tocaba partido de baloncesto, salí como siempre con pantalón de chándal y sudadera pero está vez el entrenador me amonestó diciendo:

—¡Cambiese Rodríguez que después va a oler a tigre y no queremos intoxicarnos!

La mayoría de mis compañeros se rieron de mi abiertamente y tuve que volver al vestuario a cambiarme cambiarme con la muda que traía en previsión. Salí a la pista en pantalón corto y camiseta, me uní a mis compañeros en el partidillo y poco a poco fui cogiendo el ritmo y jugando con más intensidad hasta el punto que varías veces tuve que secarme el sudor de la cara con la camiseta. En una de ellas al bajarla de nuevo la vi mirándome, Tere me miraba de una forma rara, al levantar mi camiseta le había regalado una buena perspectiva de mi torso en el que mis abdominales empezaban a destacar. Me miraba como si fuera un misterio y a la vez un reto.

A partir de aquel día Tere redobló sus intentos de acercamiento y el instituto se convirtió para mí en una suerte de cacería en el que yo era la presa y Tere el cazador. Afortunadamente en casa todo seguía bien y Raquel solo me daba sorpresas agradables como aquel día que después de comer me dijo:

—Aquella vez que me azotaste me dio mucho gusto, así que hoy vamos a jugar a amo y esclava. Desde ahora y hasta que mañana te vayas al instituto seré tu esclava, ¿de acuerdo?

—Entonces —dije dubitativo— ¿Ahora me perteneces?

Raquel asintió y empezó ha hablar atropelladamente.

—Sí, Señor. ¿Quiere que le llame Señor? Puedo llamarle como usted quiera. Usted puede llamarme como le apetezca... —Levanté la mano para que se callase.

—No hace falta que me llames señor. Nene esta bien para mí. ¿Y a ti, como debo llamarte?

—Como desee mi nene.

Sonreí, me encantaba que una mujer de ese calibre mostrase tal nivel de sumisión conmigo. Ya que normalmente sería al revés. Me acerqué hasta estar pegado a ella y le pasé una mano por la mejilla antes de decir:

—¿Te puedo follar ahora mismo?

Ella se ruborizo un poco antes de responder:

—Puede hacer conmigo lo que quiera.

Baje la mano hasta su mentón y la obligué a levantar la cara y mirarme mientras mi otra mano bajó por el cuello y bordeando sus pechos baje hasta su cintura, pegándome del todo a ella. Cuerpo con cuerpo. Ella no rechazó el contacto. Notaba su respiración, roce mis labios con los suyos antes de separarme de ella.

—Desnudate, quiero verte entera —dije con la voz más ronca de mi vida—, pero hazlo lentamente, quiero disfrutarlo.

Acompañando mis palabras puse música lenta y me senté en el sofá.

Mi madrastra entendió al momento lo que quería de ella y empezó a moverse lentamente al son de la música. Primero se deshizo de la blusa, dejando al aire libre un insinuante sujetador negro. Con un gesto la indiqué que empezase a quitarse los pantalones y los zapatos. En poco tiempo se quitó ambas cosas y dejó a la vista un tanguita a juego con el sujetador.

Durante unos minutos se recreo en el baile y finalmente se llevó las manos a la espalda. Para quitarse el sujetador, pero con un gesto se lo impedí y la señalé mis rodillas.

Con el andar más sexy que había visto nunca y mordiéndose el labio, Raquel se acercó a mí y se sentó en mis rodillas. Una de sus manos se colocó en mi pecho, mientras la otra bajaba lentamente hacia mis pantalones, con un objetivo claro.

En ese momento decidí probar esos labios que me llamaban desde hace rato, la atraje con fuerza hacia mí y la bese con pasión que ella me devolvió.

Tras varios minutos nuestras bocas se separaron, jadeantes. Me quité la camisa y la mano del pecho jugaba con los pelitos de mi pecho, mientras su otra mano ya había dejado al aire libre mi pene. Mas grande que nunca.

Con un rápido movimiento la quité el sujetador y observe con deleite sus dos esplendidas y firmes tetas. Sus pezones, pequeños y erectos se levantaban desafiantes. Mi mano derecha empezó a jugar con sus pezones alternativamente, mientras la otra hacia círculos en su espalda.

Empecé a morder y besar su cuello, lo que añadido a mis atenciones a sus tetas hicieron aparecer el primer gemido. Moví la mano de su espalda y la deslicé por dentro de su tanguita, acariciando su húmedo coñito.

No tardo mucho mi esclava en empezar a mover las caderas al ritmo al que yo movía mi mano. Buscando el placer. En ese momento me decidí a acabar de probar a mi nueva adquisición.

—Empálate lentamente —La dije al oído— y mirame a los ojos.

Con un pequeño movimiento colocó su cueva justo encima de mi polla. Restregó lentamente el coño por mi pene, buscando que se lubricase un poco. Finalmente, mirándome fijamente a los ojos y mordiéndose el labio inferior, bajó poco a poco. Empalándose muy lentamente, tal y como yo le había pedido.

Cuando se empaló del todo gimió suavemente y apoyo su frente en mi pecho. No tardo mucho en empezar a moverse, tan lentamente como cuando se empaló. El lento movimiento junto con la estrechez de su cueva me estaban llevando al cielo.

Volví a levantar su cabeza para besarla. Esta vez nuestros besos eran más breves que el primero que nos dimos. Poco a poco nos dejamos llevar por el momento: mi madrastra empezó a moverse más rápido y yo empecé a moverme con violencia bajo ella. Durante unos minutos la penetración aumento gradualmente el ritmo hasta ser un choque de dos animales desbocados buscando el placer. Tras unos minutos más noté como llegaba a mi limite.

—Me voy a correr —le avisé.

Siguió cabalgándome con más violencia que antes, hasta que irremediablemente me corrí dentro de ella con un alarido. Notar que me vaciaba en su interior provocó un demoledor orgasmo en ella que acabó desmadejada encima mía.

Estuvimos así, reuniendo fuerzas durante casi diez minutos. Tras ese ratito, pese a que cada fibra de mi ser me suplicaba que siguiese en esa posición, debajo de ella me obligue a levantarme.

—Levanta —le dije—, tenemos que cenar. Pero primero vamos a lavarnos un poco.

La guié hasta el baño y nos ayudamos mutuamente. Cuando nos habíamos secado decidí volver a probar esos labios una vez más antes de cenar y la empuje contra la pared del baño.

Rápidamente me correspondió y, durante cinco minutos, nos besamos desesperadamente. Otra vez, pese a que mi cuerpo me exigía lo contrario. Me separé para preparar la cena.

—Puedo cocinar yo, se me da bien —dijo Raquel con cierto orgullo— ¿Que le gusta? Puedo preparar lo que sea, Señor.

Pensé durante unos momentos.

—Pide una pizza. Hemos tenido bastante ejercicio por hoy, sera mejor relajarnos.

Ella asintió y se dirigió a la cocina, cerca de un minuto después, la volví a escuchar.

—¿De qué las pido?

—A mi caprichosa. Tú pídela de lo que quieras.

—Lo que mi señor quiera me gustara.

—¿Carbonara? —como no dijo nada, sonreí—, carbonara será.

Pese a que me había dejado claro que no le gustaba, no puso ninguna pega y en menos de dos minutos ya había pedido las pizzas.

Durante el resto de la noche no hicimos nada sexual. Salvo besarnos de vez en cuando. Cenamos viendo la tele y la acompañe a su habitación. Al despedirnos me preguntó.

—¿Quiere que le despierte a alguna ahora y de alguna forma en especial?

—A las siete y media —y en ese momento caí en algo— ¿Forma especial?

Ella se sonrojo. No entendía como se podía sonrojar después de todo lo que habíamos hecho.

—Pues... ya sabes. Besándote o con una mamada.

Yo sonreí solo de imaginar lo segundo.

—Con que después de despertarme me des un buen beso de buenos días me vale.

Ella sonrió.

—Vale —me quedé unos segundos mirándola—, ¿quiere algo más señor?

—Un beso de buenas noches.

Raquel volvió a sonreír y se acercó a mí. Para darme otro besazo. Cuando nos separamos ambos jadeábamos. Me despedí de ella y me fui a la cama. Pensando en lo bien que la había pasado en esta sesión.

Unos minutos antes de las siete y media noté como se abría la puerta de mi habitación. Queriendo ver como se las ingeniaba para despertarme me hice el dormido.

Las sabanas de mi cama se abrieron por el otro extremo y el colchón cedió ante el peso de mi esclava. Me empezó a acariciar el pecho con dulzura mientras al oído me decía con su vocecita que ya eran las siete y media.

En un principio pensé en seguir haciéndome el dormido, pero las ganas de ver a mi esclava me superaron. Abrí los ojos y la miré regalándole la primera sonrisa del día.

—Buenos días, esclava.

Como respuesta me beso abriéndose paso a la fuerza con su lengua en mi boca. Tras unos segundos nos separamos. Ella se sentó en la cama.

—Voy a prepararle el desayuno —dijo desperezándose— ¿Cacao y tostadas le parecen bien, Señor?

Asentí y ella hizo el ademán de levantarse, pero se lo impedí cogiéndola del brazo y tumbándola en la cama. Rápidamente me coloque encima de ella y la devoré la boca. Se abrió las piernas para que me acomodase entre ellas.

Con una mano me bajé el bóxer lo suficiente para que mi erecto pene saliese a saludar. Seguidamente, aparté su tanga y la penetré en su sorprendentemente húmedo coñito. Raquel arqueo la espalda y yo cogí sus manos entre las mías y las puse por encima de su cabeza.

Las embestidas eran bastante rápidas y potentes, pues tiempo no era lo que tenía. Mi madrastra parecía disfrutarlo sinceramente mientras alternaba besos con morderme el cuello. Finalmente me vacié en su interior. Supe perfectamente que ella no había llegado al orgasmo pero no pareció importarle pues me volvió a besar y, ahora sí, se levanto para asearse y preparar el desayuno.

Tarde unos quince minutos en bajar, ya duchado y arreglado a la mesa del desayuno. Había un plato con tostadas y una taza de cacao. Ella me esperaba de pie frente a la mesa.

—Tiene buena pinta —dije al acercarme. Ella me obsequió con una sonrisa.

Desayune y me fui al instituto con mi esclava convertida nuevamente en mi amorosa mami. Todas las versiones de ella me gustaban.

Otro día estábamos tumbados en la cama después de follar cuando le pregunté:

—Raquel, ¿de verdad te gusto tanto?

—¿Que quieres decir?

—Pues que tú has estado con más hombres..., no es que te lo reproche pero incluso aquel macarrilla la tiene más grande que yo y soy tan inexperto...

Raquel me cogió la cara con ambas manos y me dijo sonriente:

¡Ay mi nene, si pudieras verte con mis ojos...! ¡Tan seguro e ingenuo a la vez!, ¡Tan duro y sensible!: me vuelves loca, y cuando te siento en mi interior... No sé como demostrarte lo que significas para mí.

Aquello quedo así y no volvimos a tocar el tema hasta que un viernes tras la cena Raquel me dijo:

—Preparate, hoy tenemos una salida especial.

Raquel escogió esta vez para mi un traje oscuro y una camisa de seda azul eléctrico, ella se puso un vestido rojo que le sentaba como un guante. Cogimos el coche y esta vez no fuimos en dirección al centro comercial sino que cogimos una de las carreteras secundarias que salían de la capital. Llegamos a una gran casa de campo en cuya entrada había una serie de vehículos aparcados en el que el mercedes de mi madrastra no desentonaba en absoluto. Antes de abandonar el vehículo me dijo:

—El local al que vamos a entrar es un club swinger, allí verás muchas escenas sexuales. Allí podremos follar, juntos o con otros, lo que quiero que tengas claro es que es solo sexo. Tú eres mío y yo soy tuya, ¿entendido?

Asentí pese a que no lo entendía, ¿acaso lo nuestro no era sexo?, ¿follar con otros?, ¿no había dicho que conmigo tenía suficiente? Demasiadas incógnitas a las que solo hallaría respuesta si entraba en aquel local así que añadí:

—Me parece bien. Tengo ganas de probar cosas diferentes.

El vestido de Raquel tenía una raja lateral que le llega casi hasta la cintura. Con mucho escote y la espalda abierta, solo tapada con unas cintas que adornan pero no tapan nada. Debajo llevaba tanga y un sujetador a juego. Mi traje junto con mi camisa azul eléctrico y zapatos de punta me daba un aire más adulto y elegante, ideal para esta ocasión especial.

Llamamos al portero automático y la puerta se abrió. subimos por unas escaleras hasta un recibidor que daba paso entre unas cortinas a una gran barra de bar. Había varias parejas tomando copas y observando el panorama, mientras unas cuatro o cinco parejas estaban sentados en una zona de sillones que quedaba a la derecha de la barra y junto a una mesa de billar. Una chica joven morena y muy atractiva, salió de la barra y vino a nuestro encuentro.

—Hola pareja, habéis estado alguna vez antes?

—No, no, es nuestra primera vez.

Contesto Raquel.

—Pues vamos a dar una vuelta por el local y os explico un poco como funciona.

Volvimos a salir al hall de entrada y giramos a la derecha. Ahí había una jaula con un columpio sexual.

—Aquí os podéis encerrar y usar el columpio mientras los demás pueden meter el brazo y tocaros.

—Interesante...

Comento mi madrastra.

Seguido de la jaula, estaba el pasillo francés. Unas celosías como unos agujeros para que los ocupantes del otro lado mostraran sus atributos para poder jugar con ellos. Raquel me apretó la mano y me lanzó una mirada de pura lujuria.

—Bueno chicos, el pasillo francés, si os acercáis pronto veréis aparecer los miembros de los chicos que hay en la zona del billar.

Justo enfrente del pasillo francés había una zona oscura de sofás, donde pudimos ver a tres parejas desnudos, tocándose y lamiéndose, sin poder distinguir cuáles eran las parejas reales.

—Está es nuestra zona oscura. podéis interactuar como queráis, y con quien queráis.

Salimos de esa zona y volvimos a cruzar las cortinas hacia otra zona diferente. Una zona de sillones con una camilla de masajes en el centro.

Un pasillo que daba a la zona de taquillas, con varias puertas.

—Está es nuestra pequeña sala de bdsm. Unas camas grandes en cuero negro, una cruz de San Andrés y unos cuantos látigos para que probéis si queréis.

la habitación era roja y con el sillón en negro. Daba morbo esa sala y Raquel dijo:

—Está sala si que la probaremos. Me apetece mucho.

—Te voy a poner el culete rojo —comenté juguetón.

la siguiente sala a la izquierda del pasillo era una habitación con una cama gigante como para unas diez parejas o así. En ese momento había una pareja, el chico le estaba haciendo comiendo el coño a la chica, que gemía y gritaba a punto de llegar al orgasmo.

Seguimos adelante y llegamos a la zona de taquillas en la que no había nadie y la chica nos explicó la manera de uso.

—Adentro tenéis dos pares de chanclas y dos toallas. Si necesitáis algo más, no dudéis en pedírnoslo.

—Gracias —respondimos los dos.

Antes de despedirse la morena se acercó a Raquel y dándole un pico le dijo:

—Luego nos vemos preciosa. Tus ojos me encantan pero tú culo aun me gusta más. Cuando acabe mi turno os buscaré.

Mi madrastra se quedó de piedra y yo le dije.

—Parece que te has ligado a la morenaza.

Entre risas Raquel me confesó que no le importaría tener a esa morena entre las piernas.

Me dijo que no había probado nunca con una mujer y eso la ponía cachonda. Me dijo que quería explorar su bisexualidad y tantear los límites con el sexo femenino.

—Si viene después de su turno a vernos. Tal vez la deje que me coma el coño mientras la empotras a cuatro patas. No me importaría probar con esa morena, es un bombón.

—Jajaja. ¿Así que te mueres por que te coma el coño una tía?

Salimos a la barra y nos pedimos un combinado para Raquel y una tónica para mí (en ocasiones como esta odiaba ser menor de edad). Mientras ojeábamos a las parejas que había allí.

Había gente guapa, pero no nos convencían hasta el punto de querer nada con ellos.

Miramos a la esquina del billar, donde están los chicos solos, vimos a un jovencito que estaba bastante bien, pero lo que llamó nuestra atención, fue un negro. Era alto y se le notaba muy buen cuerpo.

—Mira, igual hoy te puedes follar a un negro. ¿Lo has hecho alguna vez?

—No. —respondió repentinamente tímida.

—¿Te gustaría? —pregunté curioso.

—Tal vez, ¿y a ti, te gustaría que me follara a un negro?—respondió con una sonrisa de medio lado en la cara.

—No sé... —respondí inseguro de vuelta.

—¡Ay que mono es mi nene!, sabes que estoy loquita por ti y aunque vea pollas más grandes la que me hace feliz es la tuya cariño.

Su confesión me tranquilizó un poco y decidí que si se presentaba la ocasión no se lo negaría, al fin y al cabo solo era sexo, ¿no?

Seguimos con la copa y cuando nos la terminamos. Nos fuimos hacia la zona de las taquillas.

Nos pusimos las toallas y las chanclas. Salimos afuera y le pregunté:

—¿Donde te apetece ir?

—Me apetece follar. Donde sea, voy muy caliente.

Fuimos a un rincón de la barra desde el cual se ve todo el local y haciéndola apoyar sus manos en la barra le dije en voz baja.

—Prepárate que te voy a follar. Y después tendremos que ir de caza. A ver quien nos gusta...

—Ya he visto varios candidatos. Aquí hay algunos muy buenos .

—Sigue mirando mientras te follo.

Justo antes de penetrar a mi madrastra, una pareja se puso a nuestro lado, pero no me importó y seguí a lo mío, se la metí de un solo empujón, Raquel no se lo esperaba y dio un respingo, se agarró fuerte a la barra y aún levantó mas el culo. Yo le puse una mano en la cadera y otra en el hombro para controlar su cuerpo y empujar mejor. No tardó más de un minuto en llegar al orgasmo. Cerrando los ojos y agarrándose con fuerza a la barra. Nuestros vecinos no nos quitaban los ojos de encima. Iban en ropa interior y ella se masturbaba por dentro de las braguitas mientas con la otra mano sujetaba la polla de su pareja, que se había bajado el bóxer y mostraba un pene como el mío. flácido pero que crecía rápidamente.

Seguía penetrando con fuerza a mi pareja que empezaba a gemir de placer al notar un nuevo orgasmo.

La mujer de la pareja vecina sacó la mano de dentro de sus braguitas y con la otra mano en la polla de su marido, se volvió hacia Raquel y le guiñó un ojo de manera pícara. Mientras su mano se dirigía a tocar el brazo de mi madrastra. Esa era la señal de que querían algo con nosotros. Mi madrastra se volvió a mirarme y cuando nuestras lascivas miradas se encontraron, supimos que ese era el momento. Que esa pareja era la adecuada para saciar nuestro apetito. Que iban a ser los elegidos para nuestro primer intercambio. Deje de penetrarla y saqué mi polla del interior de mi madrastra.

Una vez que ella asintió con la cabeza. La chica de la otra pareja se acercó todavía más y se presentó.

—Hola chicos me llamo Nerea y el es mi marido Javi.

—Nosotros somos Raquel y Alejandro.

Respondió mi madrastra.

Acto seguido la chica de la otra pareja se acercó a darle un beso a mi madrastra, fue un beso lento, húmedo y muy sensual. Las manos de mi madrastra fueron a parar a los pechos de Nerea, la cual soltó la polla de su marido y comenzó a amasar los pechos de Raquel.

—Hola Javi.

Saludé con una sonrisa.

—¿Que tal Alejandro? Parece que nuestras chicas se van a llevar muy bien.

—Eso parece.

Comenté yo entre risas.

Las mujeres pararon y dirigiéndose cada una a la pareja de la otra nos dieron un pico a cada uno.

La situación me resultaba de lo más caliente. De repente Nerea se puso a mi lado y agarrándose de mi brazo dijo en voz alta.

—Estás fuerte ehhh. Voy a tener que probarte.

Y puso una cara de viciosa total.

—Te gustará.

Respondió mi madrastra. Que ya se había situado al lado de Javi y lo miraba con deseo.

Javi que no perdía el tiempo había bajado la mano por la espalda de Raquel hasta llegar a su trasero, del que disfrutaba sin ningún tipo de pudor, incluso por la cara que tenía mi madrastra deduje que estaba hurgando en alguno de sus agujeritos.

Decidí hacer lo mismo que Javi y aprovechar el más que apetecible culo de su mujer.

Javi era más bajito que yo, mediría más o menos 1,7m, de complexión normal tirando a delgado. Mientras que Nerea era una hembra de curvas rotundas y cuerpo duro. Sin duda ella se cuidaba. No era muy alta pero era muy guapa de cara, castaña clara de ojos azules.

Eran una pareja muy equilibrada y apetecible a la vez.

Raquel que estaba siendo asediada por los dedos de Javi y que estaba apoyada su hombro, bajo una mano por su pecho hasta llegar al bóxer que este llevaba. Lo bajo y cuando la erecta polla saltó como un resorte, la sujetó con la mano y empezó a masturbarlo muy despacio.

Nerea por su parte se había dado la vuelta y me comía la boca mientras su mano estiraba de mi polla como si la quisiese arrancar, movimiento que hacía que se me llenase todavía más de sangre, provocándome una erección casi dolorosa. Al notar mi estado, no lo dudo ni un segundo. Se puso de rodillas y poniendo las manos en mis glúteos y sus labios en la punta de mi polla, me empujó hacia adelante, engulléndola entera hasta alojarla en la garganta.

—Javi, tu mujer es una experta.

No pude evitar hacer ese comentario.

—Todavía no has visto nada, déjate hacer —contestó orgulloso.

—Ehhhh. Que yo también cuento —aclaró Raquel con cierto tono de recelo en su voz.

Se puso de rodillas e imitó a Nerea en todo.

Mi madrastra también es una experta mamona y por la cara de Javi, y lo estaba demostrando.

Al ver que las cosas pasaban a mayores, fue Nerea la que propuso ir a otro sitio a seguir con nuestros asuntos.

Decidimos ir a una sala donde había unas camas y al llegar Nerea cogió a Raquel, la tumbó en la cama, se puso de rodillas con su culito en pompa y empezó a lamer el coño de mi madrastra, la cual respondió al instante sujetando la cabeza que tenía entre las piernas y llenando de flujo la boca que lamía su intimidad.

Javi que no perdía ni un segundo se había colocado de rodillas al lado de la cabeza de mi madrastra y cogiéndole el pelo como si fuera una coleta le estaba follando la boca, lo que ahogaba los gemidos que intentaban escapar de sus labios.

Yo por mi parte me fui a por un condón y mientras me lo colocaba susurré en el oído de Nerea:

—Te voy a follar bien fuerte.

Separando la cabeza de los muslos de mi mujer, Nerea me respondió;

—Lo estoy deseando, semental —y levantando el culo me invitó a que la penetrara.

Sin esperar ninguna señal más, apoyé la punta de mi polla en la entrada de su vagina y empujé hasta que hubo desaparecido toda entera dentro de esa hembra caliente.

Mientras la follaba, mi mirada se encontraba con la de mi madrastra. Que sin parar de correrse y con una buena polla en la boca, se dedicaba a recibir placer oral por parte de Nerea.

Llego el momento de cambiar de postura y fue entonces cuando Nerea se tumbó en la cama para que yo la follara, mientras mi madrastra se ponía a cuatro patas mirándome y quedando su cabeza encima de la cabeza de Nerea, de manera que se empezaron a besar de una manera que resultaba excitante a más no poder.

—Vaya par de zorritas —dije en voz alta mirando a Javi.

—Me voy a follar a la tuya que tiene el coño ardiendo —me contestó él poniéndose un condón.

—No hables tanto y fóllame ya. Quiero que me revientes el coño —respondió mi madrastra fuera de sí, levantando la cabeza de encima de Nerea.

En ese momento metí mi polla de un solo empujón hasta adentro y pasando mis manos por debajo de sus caderas levantaba hacia arriba para acompañar mis movimientos de pelvis con su generoso cuerpo.

Por su parte Javi empujaba con fuerza su polla dentro del coño de Raquel mientras la sujetaba por la caderas.

Esta escena me ponía muy caliente. Ni en mis mejores fantasías la hubiera imaginado así.

El coño de Nerea comenzó a convulsionar de manera incontrolada abrazando mi polla de una manera que casi me hace correr de inmediato. Sus gritos se debieron de oír en todo el local, y todos los que había cerca nuestro, acudieron a ver el espectáculo.

Al oír a Nerea gritar así, la boca de mi madrastra se lanzo a devorar sus labios, mientras se corría también de manera que sus gemidos y sus gritos se juntaban escapando por la breve rendija que su pasión dejaba.

—Ahora si que está disfrutando. —dijo Javi mientras embestía a mi madrastra con más fuerza. —Tu zorra aprieta tanto que casi me corro mientras tenía este último orgasmo.

—Mmmmmmm. Sí sigue así me voy a correr.... He estado a punto de venirme —dije mientras recobraba el aliento.

Entonces las chicas que nos oyeron, con una sonrisa cómplice se apartaron de nosotros y con una gran sonrisa en la cara, se pusieron de rodillas una al lado de la otra.

—Queremos vuestra leche —dijo Raquel dándole un morreo a Nerea.

—Y la queremos aquí —dijo Nerea levantándose las tetas como si nos la ofreciera.

Nosotros como hipnotizados, nos colocamos uno a cada lado y comenzamos a masturbarnos mientras ellas se fundían en otro beso que nos ponía aún más cachondos si cabe.

Las chicas giraron sus cabezas y ofreciéndonos sus bocas se prestaron a que las folláramos para llegar a llenárselas con el néctar de nuestro orgasmo. Ellas se tocaban las tetas la una a la otra, mientras con la otra mano se masturbaban.

Los dos de pie, follándole la boca a la mujer del otro, era una escena digna de cualquier película porno. Y poco fue el rato que aguantamos así.

—Voy a correrme —avisó Javi.

Las chicas se llevaron las manos a los pechos y los levantaron, abrieron la boca, y con cara de autenticas guarras le dijeron:

—Vamos semental llénanos de leche.

Al oír esto, casi instantáneamente comenzaron a salir chorros de semen de la polla de Javi, el primero fue a parar a la cara de mi madrastra y los siguientes a los pechos de ambas. Al ver esto mi polla comenzó a palpitar y yo también empecé a descargar mi leche encima de Nerea, que abrió la boca todavía más como invitándome a que se la llenara, así lo hice y mi primer chorro de semen se descargo en su boca, los siguientes chorros impactaron en su cara y al final algo cayó también sobre sus enormes tetas.

Los chicos nos miramos orgullosos, mientras que las chicas comenzaron a lamer la una en el cuerpo de la otra, el semen de su pareja, no pararon hasta quedar las dos libres de semen. Ahí acabo la noche con Javi y con Nerea.

Al acabar con ellos, decidimos darnos un buen descanso. Así que nos duchamos juntos en los vestuarios, fuimos a la barra donde pedimos un refresco y paseamos por allí. Ya era bastante tarde, se veían todavía muchas escenas de sexo, algunas dignas de la mejor película porno, pero también se veía a gente descansar y charlar amistosamente. El estar viendo esas escenas tan porno, hacían efecto y estaba cachondo de nuevo.

—Mira como se me está poniendo la polla otra vez. Te voy a tener que follar mami.

—Mmmmmm. Me encanta tenerte así de dispuesto, mi calentura todavía no se ha acabado y voy a necesitarte bien duro, pero vamos a casa cielo, ahora quiero disfrutarte en privado.

Había sido una noche inolvidable, en la cama Raquel me abrazó y me dijo:

—Te ha gustado la experiencia mi nene.

—Sí, estar con otra mujer ha sido excitante y verte a ti con otro hombre..., me sentía celoso y excitado a un tiempo. ¿Es eso normal?

—Sí cielo, ¿te ha gustado follar con ella más que conmigo? Sé sincero, no me voy a enfadar.

—No, era diferente, morboso pero contigo es más especial, ¿tú lo entiendes?

Raquel me beso dulcemente para después añadir:

—¿Ves?, es lo mismo que me sucede contigo. Otros hombres pueden tener mejor físico pero tú eres especial porque tu eres mi nene... y te quiero.

Raquel había dejado caer una bomba. ¿Me quería?, ¿cómo si yo solo tenía quince? ¿Y yo, la quería también? No sabía que contestar, estaba hecho un lio. Ante mi silencio ella continuó.

—No hace falta que digas nada ahora, solo quiero que entiendas cuan especial eres tú para mí. Aún eres muy joven y es pronto para que descubras tus sentimientos.

No volvimos a pronunciar ni una palabra aquella noche, solo dormimos abrazados como siempre, como era normal entre nosotros.

CAPÍTULO 7

Pasaron unos días sin sorpresas: en el instituto huía de Tere y en el gimnasio Vanesa me machacaba mientras Carmen alababa mis progresos frente a Raquel.

Era viernes de nuevo, otro fin de semana en el que esperaba disfrutar plenamente del cuerpo de mi madrastra. Después de comer Raquel me dijo que debía quedarme en mi cuarto estudiando hasta que ella me avisase. Así lo hice, ignoré el timbre y el sonido de voces femeninas hasta que recibí un escueto mensaje: "ven". Me acerqué a su cuarto y escuche voces:

—¡Joder Raquel! —escuché a Carmen que parecía nerviosa—¡Mira a ver si está en su cuarto!

—Tranquila, la llave estaba echada… —contestó mi madrastra—¡Seguro que se ha ido!

—¡Pues ven aquí! —le dijo Carmen mientras las veía jugar en la cama tirándose de las ropas como si se quisieran desnudar.

Cuando entré en la habitación de mi madrastra, ella estaba echada en la cama, desnuda junto a Carmen y esta grito mientras intentaba taparse:

—¡Está aquí!, ¡Tu hijastro está aquí! ¿cómo demonios?

—Tranquila Carmen, yo le he dado permiso y le he dicho que venga. Sé que te excita mucho pero que no disfrutas con los tíos, mi nene es diferente: te gustara.

—¿Tú y él?, ¿estás loca?

—Sí estoy loquita por él y por su cuerpo y cuando tú lo pruebes verás.

—Es raro veros besaros… —dije y la excitación se agitaba en mi cuerpo.

—Para mí también es raro besar a tu madrastra, ¡y en presencia de su hijastro! —me sonreía con timidez mientras yo las miraba sentado junto a ellas.

—Raquel quiere que hagamos esto, aunque no estoy de acuerdo… —dijo mi Carmen en tono seco.

—Es por tu bien Carmen, te gustará —dijo mi madrastra.

—¡Eres una pervertida!

Los ojos de Carmen mostraban pavor por lo que Raquel le proponía.

—¡No cielo! ¡Confiésalo! —Raquel le echó una mirada inquisidora a Carmen— ¡Te gusta mi nene!, ¡díselo, dile que sueñas con él!

—¡Eres… eres…! —Carmen no sabía qué contestar mientras la excitación me invadía por lo que estaba escuchando.

—¡Déjate llevar por tu deseo!

No se habló más. Mientras yo permanecí sentado mirándolas, las dos se besaban y acariciaban. De vez en cuando Raquel me miraba con una sonrisa malévola y sensual, mostrándose a mí. Carmen me miraba ruborizada por tener sexo con Raquel frente a mí, pero la excitación que estaba sintiendo le impedía parar aquello. Mi polla crecía bajo mi ropa y empezaba a dolerme, tuve que liberarla y quedé completamente desnudo ante la vista de mi madrastra y su amante.

Raquel estaba sobre Carmen, besaba su cuello y bajó hasta sus pechos. Carmen me miraba mientras era amada y sus ojos mostraban el placer de sentirse acariciada por su amiga mientras veía la polla de su hijastro.

—¡Es enorme! —dijo Carmen sin poder contener la excitación que le producía verme desnudo y erecto.

—¿A que es mejor que en tus sueños? —mi madrastra alargó la mano y acarició mi endurecida polla—¡Es extraordinaria, ¡tócala!

Las dos dejaron de besarse y la mano de Carmen me acarició desde la rodilla hasta agarrar mi polla. El suave masaje que me daba me excitaba tanto que sentía que me iba a correr. Cuando la mano de Raquel agarró mis huevos, no pude evitarlo y empecé a lanzar gran cantidad de semen que saltaba por los aires cayendo por todos lados de la cama mientras ellas me miraban asombradas por la facilidad con la que me había corrido.

—¡Ahora estará más tranquilo! —dijo Raquel y comenzó a bajarle los pantalones a Carmen. Después le quitó las bragas y le abrió las piernas — ¡Démosle un buen espectáculo!

Raquel estaba a cuatro patas, con la cabeza entre las piernas de Carmen, podía ver su redondo culo en pompa. El gemido de Carmen hizo que la mirara, estaba gozando mientras la lengua de su amiga recorría toda su raja. Me miró con el placer en sus ojos, se agitaba y gemía. Mi polla volvió a ponerse dura y aún tenía parte de mi semen en mi glande. Mi mano agarró mi polla y bajó la piel que cubría mi glande. La lengua Carmen recorrió sus labios sin dejar de mirar mi polla y sin dejar de gemir mientras su coño era castigado por la lengua de mi madrastra.

Me levanté de la cama, con mi polla erecta caminé y me coloqué tras mi madrastra. Podía ver su culo totalmente en pompa. Puse mis dos manos sobre sus cachetes y lo acaricié mientras ella seguía dándole placer a Carmen. Metí mi mano entre sus piernas acaricié sus labios vaginales bajo la fina tela de sus braguitas totalmente empapadas. Sacó la cabeza de entre las piernas de Carmen y me miró.

—¡Ven nene, cómete el coño de Carmen! —se retiró y se quitó las braguitas.

Me arrodillé entre las piernas Carmen mientras miraba a su cara. Estaba atemorizada por lo que le iba a hacer, pero la lujuria que tenía le impedía parar. Me incliné escuchando las indicaciones de mi madrastra.

El intenso olor del coño de Carmen me excitó de tal manera que abrí la boca todo lo posible y me acoplé a su mojado coño. Mi lengua se agitó y separó sus labios vaginales mientras mi boca se cerraba y abría suavemente como si masticara sus labios. Los gruñidos que lanzaba la boca de Carmen me mostraban el placer que estaba sintiendo, sus caderas se agitaban y frotaban su coño contra mí.

—¡Ven cariño! —le dijo Raquel a Carmen, apartándola de mí y colocándola sobre ella con las piernas bien abiertas.

Yo estaba embriagado por el placer de saborear el sexo Carmen. Cuando las miré, mi madrastra estaba boca arriba con sus piernas bien abiertas, ofreciendo su coño. Había colocado a Carmen sobre ella, en la misma postura, de forma que podía ver la húmeda raja de Carmen, su redondo ano y un poco más abajo el coño de mi madrastra, los dos ofrecidos a mi insaciable boca que deseaba saborearlos. Me coloqué entre las piernas de ellas y me incliné, volví a saborear a Carmen, su coño lanzaba sutiles descargas de flujos con cada pasada de lengua que le daba. Bajé recorriendo con la punta de mi lengua el camino que bajaba hasta el coño de mi madrastra. Sentí el esfínter de su ano y el grito de placer que sintió al notar mi lengua en aquel lugar. Jugué con él un momento y después bajé para saborear a mi madrastra.

—¡Oh sí! —dijo al sentir que mi lengua separaba sus labios vaginales y acariciaba la suave piel de su vagina— ¡Qué bien lo haces!

Su vagina lanzaba flujos, el coño de mi madrastra sabía diferente al de Carmen, pero los dos eran sabrosos. La saboreé de arriba abajo y encontré un clítoris excesivamente grande. Mis labios se aferraron a él y lo mamé como si fuera una pequeña polla. Los gritos de placer de mi madrastra llenaban toda la habitación mientras sus manos amasaban las tetas de Carmen que se metía los dedos en el coño para masturbarse esperando mi boca. Un gran chorro de flujos chocó contra mi barbilla en el momento en que Raquel sentía un orgasmo y se corría entre gritos, agitando su cuerpo descontroladamente. Me lancé sobre el coño de Carmen y mi lengua la lamió de abajo arriba. Busqué su clítoris y lo mamé con fuerza. No tardó mucho en regalarme su corrida entre gemidos y gritos de placer.

Mi madrastra se quitó a Carmen de encima y dejó un espacio entre ellas. Yo las miraba de rodillas y ella me indicó que me pusiera allí, en medio. Me tumbé boca arriba y mi polla quedó totalmente endurecida a merced de los deseos de aquellas calientes maduras.

Carmen pegó su cuerpo al mío y podía sentir la calidez de su piel. La mano de mi madrastra agarró mi polla y la agitó suavemente. Miré a los ojos de Carmen que mostraban el placer que estaba sintiendo, me ofreció un pecho y mi lengua lamió suavemente su endurecido pezón. Sentí como mi polla era engullida completamente por la boca de mi madrastra y un placentero calambre de placer recorrió todo mi cuerpo. Mis labios envolvieron aquel pezón, mamándolo y arrancando un grito de placer de Carmen. Con mi mano busque el culo de mi madrastra y lo acaricié, bajando para colarse entre sus piernas y meter un dedo en su mojado coño. Carmen se acomodó abriendo un poco las piernas y mientras mamaba su teta, mi mano libre pasaba por detrás de ella hasta colarse entre sus entreabiertas piernas y tocar su coño, los tres gemíamos de placer.

—¡Quiero probar tu polla! —dijo Carmen y se giró para ponerse a cuatro patas junto a su amiga, esperando su turno para mamar mi polla.

Mientras se alternaban en mamarme, mis manos acariciaban sus húmedos coños. Primero les metía un dedo y poco después dos, arrancándoles gemidos de placer. No pude más, mis dedos dejaron de acariciar el interior de sus vaginas y mis piernas se tensaron: las dos sabían lo que llegaba ahora.

—¡Sí nene, danos tu semen! —dijo mi madrastra que agitaba mi polla mientras sus bocas abiertas esperaban junto a mi glande la explosión de mi leche.

No tardó en brotar, un gran chorro se disparó sobrepasando sus cabezas y mojando sus pelos. Sus lenguas recibieron el resto del semen que siguió brotando con cada espasmo que mi cuerpo daba. Después la boca de mi madrastra se aferró a mi glande y succionó para dejar mi polla totalmente limpia. Estaba exhausto, me miraban sonrientes y deseando más sexo.

—¡Vamos nene, ahora viene lo mejor! —Carmen me pedía que las follara, pero mi polla estaba agotada.

Mi madrastra se colocó a cuatro patas. Con esfuerzo me coloqué de rodillas tras ella, contemplando su redondo y deseado culo. Carmen se subió sobre ella, podía ver sus dos hermosos culos ofrecidos a mi lujuria y mi deseo de darles placer. Mi polla aún estaba algo flácida, me agaché y separé los cachetes del culo de Carmen, metí mi boca y lamí su ano. Se agitaba con cada caricia que le daba. Bajé y lamí su empapada raja mientras mis manos separaban los cachetes de mi madrastra. Mi lengua saboreó el ano de mi madrastra mientras gimoteaba. Mi polla se endurecía poco a poco. Me puse en pie en la cama mientras las dos me miraban girando sus cabezas. Mi mano agitaba mi polla que estaba casi endurecida.

—¡Dásela a mami!

—¡Y a tu tía Carmen!

Las dos deseaban que mi polla las penetrara. No sabía a cual dársela primero, así que me agaché y mojé mi endurecido glande con los flujos Carmen, pasándola por la raja de su coño sin penetrarla, acariciando su clítoris para excitarla más. Me agaché más e hice lo mismos en el coño de mi madrastra.

—¡Cabrón, fóllanos ya! —gritó mi madrastra que deseaba sentirse llena con mi polla.

Me levanté de nuevo y puse mi glande en el ano de Carmen, lo acaricié suavemente y empujé un poco.

—¡No, por ahí no! —me suplicó.

Me agaché de nuevo y pasé mi glande por el coño de mi madrastra para empaparlo con sus flujos. Subí hasta su culo y empujé un poco.

—¡A mami le puedes hacer lo que te apetezca!

Subí y clavé mi glande en la vagina de Carmen, lo retiré y bajé para clavar un poco de mi polla en el coño de Raquel que gimió al sentir dilatarse su coño.

—¡Oh dios, qué bueno! —gimió mi madrastra.

Volví al coño de Carmen y clavé media polla en su coño, sacándola y volviéndola a hundir varias veces.

—¡Joder, qué grande! —gemía mientras la penetraba.

Media polla se perdió en la vagina de Carmen y sus gemidos mostraban que le gustaba. Mientras empujaba media polla en ella, sentía el culo de mi madrastra en mi barriga, me agarré a sus nalgas y lo contemplaba. Volví al coño de Carmen y de un solo empujón, clavé mi polla por completo en ella y la mantuve por un momento.

—¡Joder, sí, me siento llena! —gemía y se agitaba Carmen.

Empecé a follarla con fuerza y rápido. No podía parar de clavarle mi polla en su coño mientras ella gemía y se retorcía de placer. No sabía cuanto tiempo llevaba sin que la penetrara una polla de verdad, pero en poco tiempo su cuerpo se tensó y tuvo un gran orgasmo, no dejé de penetrarla hasta que me lo pidió.

—¡Para, para, me mareo! —me pidió con gemidos entrecortados.

—¡A mí, folla a tu mami!

Saqué mi empapada polla y la dirigí al húmedo coño de mi madrastra. Mi polla entro en tromba en su vagina, arrancándole un gran grito de placer. Estaba enloquecido por el placer de sentir sus cálidos y húmedos coños en mi polla y estaba a punto de correrme. Raquel aguantaba mis penetraciones y aunque gemía de placer, no conseguía que tuviera su orgasmo. Me esforzaba en follarla para que se corriera, intentando no correrme yo. Mis manos se agarraron con fuerza al culo de Raquel y sentí que no podía más, iba a lanzar mi semen.

—¡Me corro, me corro! —dijo mi madrastra con gritos y gemidos de placer.

No pude follarla hasta saciarla por completo, mi semen salía de mis huevos y no quería correrme en su vagina, mi semen tenía que ser para las dos. Saqué mi polla y la agarré con mi mano. Delante de mí tenía sus dos redondos culos, sus labios vaginales estaban dilatados y separados, ofreciéndome la entrada de sus vaginas que se abrían y cerraban por el placer que sentían. Agité mi polla con la mano y apunté mi glande a la vagina de Carmen. Lancé un gran chorro que acertó a darle en la entrada de su mojada vagina. Me agaché y el siguiente chorro iba a mi madrastra. Cayó en su raja. El resto de semen cayó sobre las sábanas, mientras mi polla se convulsionaba por el placer, mirando como mi blanca leche recorría sus coños, deslizándose hacia abajo, del coño de mi madrastra cayó al suelo y del de Carmen cayó sobre el ano de Raquel.

Las dos se separaron, extenuadas por el placer. Me coloqué entre ellas y nos abrazamos. Nuestros sexos mojados, agitándose aún por el placer que habíamos sentido. Besé a mi madrastra y después a Carmen. Los tres quedamos dormidos profundamente y al despertarnos el día siguiente mi madrastra me dio un dulce beso diciendo:

—Gracias mi nene, gracias por ayudarme con Carmen y su trauma. Lo has hecho muy bien, estoy orgulloso de ti. Ahora os voy a dejar solos a vosotros para que Carmen se suelte del todo.

Raquel me contó el problema de Carmen, por lo visto cuando la dejó su marido se había quedado bastante tocada. Además según Raquel el muy cabrón lo había hecho de forma que Carmen pensara que todo había sido por culpa de ella, porque no había sido capaz de satisfacerle en la cama, porque según él era una frígida que no sabía comportarse en la cama, que una muñeca hinchable era más divertida que ella, vamos que en resumidas cuentas había dejado su autoestima a la altura del betún.

Al despertarse Carmen se sentó a horcajadas encima mía, desnuda y con sus pezones de punta, que parecían dos lanzas más que pezones de cómo los tenía. Empezamos a besarnos, a juntar nuestras lenguas, a mordernos los labios, a frotarnos uno contra otro, sexo contra sexo y entonces Carmen dijo algo que me hizo bloquearme, me dijo mientras me comía a besos el cuello…

—Fóllame, por favor, fóllame ya.

En ese momento no sé porque me bloquee y ella se dio perfecta cuenta de eso. Cuando vio que me quedaba como parado se retiro un poco para mirarme y con una sonrisa triste me dijo…

—No te gusto, ¿verdad?, esto es solo porque te lo ha pedido Raquel, ¿no?

—No Carmen, de verdad, es solo que...

Me dio un beso para silenciarme y me dijo que no me preocupara que no le diría nada a Raquel y se empezó a levantar para separarse de mí, creo que ver la cara de tristeza que tenia fue lo que me hizo reaccionar con ella, recordé todo lo que mi madrastra me había explicado y de improviso todo el envaramiento que sufría desapareció, decidí ser sincero con ella sobre porque me pasaba eso. La sujete con fuerza por la cintura y la obligue a volver a sentarse, de forma que su coñito volvió a quedar sobre mi durísima polla.

—Mira como me tienes Carmen, estoy deseando follarte hasta hartarme y que tú me folles a mí hasta que te aburras, el problema es que eres la mejor amiga de Raquel y en vez de darme morbo el hecho de poder follarte me da palo, aquí en su cama me da la sensación de cómo si la traicionara... no sé si me explico bien.

—Me miro fijamente, me metió un morreo de campeonato y se echo a reír mientras me daba besitos sin parar, en los labios, los ojos, el cuello...

Cuando se separó me dijo que esto que le decía que me estaba pasando se lo había avisado Raquel que puede que me pasara dada mi forma de ser y no la había creído, me dijo que por primera vez debía de decir que sentía envidia de Raquel por tenerme, y no envidia sana precisamente, pero que lo pensaba remediar de inmediato.

Me cogió de la mano levantándose de encima de mí, me dijo que la siguiera y me llevo a mi habitación diciéndome por el camino que me la iba a follar, que la daba igual como fuera pero que si yo no me hacía a esa idea y para lograr tenerme dentro de ella tenía que violarme lo haría, que la había puesto más cachonda de lo que podía recordar que nadie la había puesto nunca.

Cuando llegamos a mi habitación me acerque a ella para empujarla sobre la cama, tumbándome sobre ella inmediatamente y poniéndome entre sus piernas.

Empecé a pasar la cabeza de mi polla por encima de la rajita de su coño, restregándosela por allí, frotándole el clítoris con ella. Carmen bajo la mano con la intención de cogerme la polla y apuntarla bien a la entrada de su gruta para que me la follara por fin, según dijo ella cuando la sujete las manos impidiéndole cogérmela. Se creía que simplemente no atinaba a metérsela, entonces con un tono irónico le dije que no se equivocara que desde este momento haría lo que la prometí a Raquel. Sin contar con que pensando para mí me dije que de paso pondría en práctica todo lo que me había explicado sobre ella para llevarla hasta el limite.

—Carmen corazón, desde el momento que me has traído a follar a esta cama, pidiéndome que te haga lo que a Raquel debes de saber que desde este momento eres mi puta particular, mi perra... Y como a tal te trataré, te follaré cuando quiera y te correrás cuando a mi me dé la gana, pero antes me vas a suplicar porque te deje correrte, ya lo veras perrita mía.

—Pero que dices, estas tonto, anda fóllame ya y deja de decir tonterías…

—Escúchame atentamente putita, desde este momento estas aquí para mi disfrute personal, ¿te ha quedado claro, zorra?

Se fue a levantar enfadada por lo que le había dicho cuando haciendo un hueco entre ella y yo baje una mano metiendo de golpe dos dedos dentro de su coño, soltó un gemido impresionante dejándose caer de nuevo sobre la cama boqueando y jadeando mientras me miraba alucinando con el trato que la estaba dando. Con la otra mano la cogí del pelo y le tire hacia atrás de la cabeza dejándola frente a mí para poder besarla metiéndola la lengua hasta el fondo… Respondió inmediatamente a mi beso mientras intentaba mover su pelvis para que mis dedos la follaran. Todo estaba sucediendo tal y como Raquel me aviso que se comportaría su amiga hacia este tratamiento, se conocían bien, me quedo claro que eso que me contó Raquel de que en su día fueron amantes las dos iba completamente en serio.

Me baje a su coño para jugar con su clítoris con mi lengua mientras mis dedos martirizaban su coñito. Cuando notaba que empezaba a arquearse para que le llegara el orgasmo me detenía por completo, sacando mis dedos de su coño y limitándome a darle besitos en la parte interna de los muslos sin dejarla alcanzar el orgasmo, para volver al tratamiento en cuanto veía que el peligro había pasado. Después de la tercera vez que se lo hice empezó a exigirme que siguiera hasta que se corriera, algo a lo que no hice ni caso, en vez de eso aumente su mortificación, se lo hice todo más suave.

Jugué de nuevo con mi lengua pero más despacio y lubricándola más. Mis dedos siguieron follándole el coño, pero de forma más lenta para que le llegara más despacio el orgasmo y sintiera perfectamente como empezaba a entrar la sensación de placer en su cuerpo, mientras que con mi otra mano le acariciaba el culito lo que la ponía más sensible todavía al posible orgasmo, todo esto para que cuando empezara a sentirlo, cuando empezaba otra vez a arquearse para recibir el orgasmo esta vez mucho más intensamente cortar todos mis manejos en seco dejándola boqueando, esperando ese orgasmo que no llegaba. Hizo lo que Raquel me dijo que posiblemente haría si la hacía lo que a ella, intentar sacudirme por cabrón.

Aprovechando mi mayor fuerza la reduje y la obligue a darse la vuelta, quedando tumbada boca abajo conmigo encima. Use mis piernas para mantener las suyas separadas, entonces empecé a puntearla despacito con la punta de mi polla en su culito, para pasar después a su coñito, mientras tanto jugaba con ella pasándole la punta de mi lengua por su nuca y bajando por su espalda. Su coñito parecía un rio, estaba literalmente chorreando. Empezó a exigirme llamándome de todo que me la follara, que la destrozara el culo, que hiciera lo que quisiera pero que terminara ya con mis juegos, que la hiciera correrse de una puta vez, que sería mi puta, mi perra, mi zorra... Lo que me diera la gana pero que terminara de una vez de ser tan cabrón.

Llegados a este punto le recordé que debía de suplicármelo, además le aclaré que no era nada de eso, pero si una mujer de bandera que me ponía a mil, pero que si quería algo ya sabía que tenía que hacer, debía de rogarme que la permitiera correrse, como suponía me mando a la mierda, yo estaba empezando a descontrolarme también por el morbo de la situación. Ella estaba rabiosa, descontrolada... creo que si hubiera podido en ese momento me hubiera dado una paliza por ser tan cabrón. Seguí jugando con ella, llevándola al borde del orgasmo para luego dejarla con la miel en los labios, al final después de dos veces más me empezó a suplicar gimoteando que la permitiera correrse, que la hiciera lo que quisiera pero que por favor la hiciera correrse de una vez por todas, que la estaba destrozando.

En ese momento decidí que por fin había llegado el momento de cumplir con lo que me pido Raquel que la hiciera si lograba llevarla hasta este estado, sin avisar la obligue a alzar sus caderas dejando el culo en pompa y le metí toda la polla de golpe en el culo sin avisar, pego un grito de dolor tremendo, acto seguido tal y como hacía con Raquel empecé a masturbarla el clítoris de forma rápida mientras seguía barrenándola al culo entre sus gritos de dolor que pronto empezaron a ser una mezcla de dolor y placer, al igual que con Raquel cuando la hacía esto su orgasmo fue brutal. Se quedo sin fuerzas y se derrumbo sobre la cama arrastrándome detrás de ella, yo seguí buscando mi orgasmo intentando unirlo a otro más de ella, continúe entonces sin dejar de barrenarla y acariciarla en clítoris hasta que le llego sin terminar el primero, un segundo orgasmo tan fuerte como el anterior justo en el momento que yo me vaciaba en su recto. Quedo boqueando completamente destrozada por el segundo orgasmo, no era capaz de razonar, estaba completamente ida.

Me separe de ella poniéndome a su lado, se dio la vuelta quedando bocarriba, entonces me limite a darla besitos en la frente y las mejillas, mientras le colocaba su pelo para que no la molestase. Cuando se recupero me miró y me dijo que había estado fantástico, pero vi que se quedaba mirándome como queriendo preguntarme algo sin atreverse a hacerlo, le hice un gesto como diciendo eso de "venga, pregunta, animo".

—No te enfades por la pregunta, pero... todo esto, lo de llamarme puta, destrozarme el culo y demás... ¿es cosa de Raquel, no?

—Jajaja, si claro, evidentemente sino es imposible que supiera tan bien y a la primera lo que te gusta o como te gusta, sin contar lo de insultarte para que te olvidaras de todo y te centraras solo en mi para poder manipularte y llevarte a donde te he llevado, a pedirme que te folle —le guiñe un ojo y ella se echo a reír a carcajadas.

—Pero que puta que es, mira que le dije que no lo hiciera, que prefería que hicieras tu lo que te gustara —seguía riéndose sin parar mientras yo la acariciaba los pezones lentamente, que poco a poco se iban poniendo como piedras otra vez.

—Bueno Carmen, reconozco que he hecho lo que más me gusta, ver como mi pareja disfruta conmigo como una loca, sin contar con que también me ha gustado que me pidieras que te follara como fuera —me incline sobre ella y la di un suave beso en los labios tras acabar de hablar.

Entonces Carmen se reincorporo, me puso una mano en el pecho para obligarme a tumbarme de espaldas y se subió a horcajadas sobre mí. Metió una mano por debajo de su pelvis cogiéndome el pene y acariciándomelo mientras me decía:

—Bueno, ahora que tú has acabado de follarme es hora de que yo te folle a ti mi amor…..

Coloco mi ya erecto pene en la entrada de su coñito y se ensarto despacito, mientras se inclinaba sobre mí para besarnos y literalmente, empezó a follarme. Cuando lo tuvo todo dentro empezó a besarme el cuello, el pecho, para después iniciar un movimiento de subida y bajada de su pelvis mientras hacia un movimiento rotatorio con sus caderas. Para acabar de ponerme a mil podía notar con toda claridad como contraía los músculos de su vagina mientras se retiraba de mi pene, para luego relajarlos y volver a ensartarse, una y otra vez.

Carmen estaba a punto de lograr que me corriera por segunda vez sin que pudiera hacer nada por evitarlo, viendo que de esta forma no lograría aguantar mucho me incorpore, quedando ambos sentados, de esta forma aproveche para poder meterle dos dedos en el culo tras haberlos lubricado con mi saliva. El gemido que soltó cuando noto mis dedos introduciéndose en su culito fue increíble, esto provoco que acelerara sus movimientos sobre mí. Me volví a dejar caer sobre la cama manteniéndola abrazada a mí, pero logre hacer todo esto sin sacar mis dedos de su culo, cuando levantaba la pelvis salían un poco tanto mi polla de su coñito como mis dedos de su culo, pero cuando volvía a bajarla entonces se ensartaba de nuevo con ambas partes. Al final se incorporo con lo que tuve que abandonar su culito para centrarme en sus pechos mientras me cabalgaba, empecé a retorcerle los pezones suavemente, a darle leves tironcitos de ellos, a masajearle los pechos, me encantaba oír como gemía cada vez que cambiaba de acción sobre ellos. Al final alcanzo un orgasmo cayendo rendida sobre mí unos segundos después de que me corriera dentro de ella sin poder evitarlo por más tiempo, me había sido imposible aguantar mucho con Carmen, lograba ponerme a mil. Estábamos los dos agotados, jadeantes y sudorosos, llevábamos un par de horas de combate amatorio a cuestas.

Nos quedamos un rato en la cama abrazados sin hablarnos, solo besándonos. Al final nos levantamos y nos fuimos a la ducha, eso sí, por separado que sino ambos veíamos que nos volveríamos a liar de nuevo y teníamos que preparar la comida para cuando llegara Raquel. Mientras lo preparábamos todo veía a Carmen radiante y feliz, esperaba que Raquel se mostrara satisfecha había logrado mi objetivo de que Carmen volviera a mostrarse contenta.

Cuando Raquel llego nos pusimos a comer, durante la comida estuvo preguntándonos como nos había ido por la mañana, dado que estuvimos los "dos solitos". Carmen no se corto ni un pelo, le contó todo lo que había pasado con muchos más detalles de los que me hubiera gustado que explicara, todo esto entre sus risas ya que con lo que estaba contando Raquel mi cara estaba cogiendo el color de las amapolas lo que sirvió para que además se rieran a mi costa por mi "timidez".

Aprovechando una de las veces que Carmen se levantó de la mesa le pregunté a Raquel si estaba contenta y ella me dijo que no, me miro muy seria y me dijo que estaba muy celosa de lo que había pasado entre Carmen y yo, os juro que me dio un vuelco el corazón cuando la oí esto. Raquel se empezó a partir de risa cuando vio la cara que yo ponía después de decirme eso, cuando volvió Carmen le pregunto porque se reía y Raquel se lo contó uniéndose a sus risas... El único que no se reía y lo estaba pasando fatal era yo, por fin Raquel me dijo que era una broma, que no fuese tonto. Me eche a reír entonces yo también aliviado hasta que Carmen habló y me cortó las risas de raíz....

Carmen puso las manos debajo de su barbilla y entornando los ojos mientras miraba fijamente a Raquel lo soltó, me corto como dije de raíz la risa.

—Eso no te lo crees ni tú, te conozco bien y estás con unos celos que no puedes con ellos.

—Vale si, reconozco que no me ha gustado lo que has contado, pensé que no me importaría compartir a mi nene pero resulta que sí que me importa, he estado toda la mañana pensando en lo que estaríais haciendo y me ha costado Dios y ayuda no venir corriendo a casa.

—Ahora si estás diciendo casi toda la verdad, pero tus celos son por no haber participado, porque te has sentido excluida por parte de los dos, no por el hecho de que él y yo hayamos estado follando juntos. Que te conozco muy bien Raquel, que se te ve el plumero...

Mi madrastra se echo a reír y le dio la razón, a continuación le dijo que se acabo eso de tenerme a solas para ella, que a partir de aquí si había que hacer algo era, o los tres juntos, o ninguno, pero que tenía claro que prefería lo de los tres juntos, alzaron las dos sus copas de vino y brindaron por ello. Yo alucinaba en colores con las dos, debía de tener cara pasmo porque mi madrastra me dijo que cerrara la boca que no era para tanto lo que había oído y para colmo Carmen me lanzo un besito con la mano, soltándome un "¡¡¡nuestro machote!!!". No creo que desapareciera mi cara de pasmo en un buen rato. Como digo estaba alucinando con las dos.

Ni que decir tiene como me quede cuando me dijeron que esa noche me preparara para salir de juerga. Me fui a mi cuarto dejándolas juntas y pensando que la vida con mi madrastra no podría ser mejor.

Esa noche después de cenar los tres en casa, tanto ella como Carmen me pidieron que me pusiera de lo más guapo para acompañarlas de marcha. Según ellas querían que todos vieran el pedazo de "nene" que se habían ligado las dos para pasar esa noche. Eso la verdad me agradó, me empecé a poner tontito, por lo menos el tiempo que tarde en ver como las dos me miraban y se relamían como dos lobas frente a su cena.

Cuando me arregle y salí para irnos me silbaron las dos a dúo, llamándome tío bueno y cosas así, creo que me puse colorado, como no podía ser de otra forma en mí. Pero viéndolas a ellas me quedo algo claro, si alguien iba a poder presumir de pareja ese era yo, además de ser dos mujeres para mí, cada una de ellas era un autentico monumento. Estaba seguro que todos me envidiarían, solo esperaba que no hubiera ningún gilipollas que lo estropeara.

Esa noche fuimos otra vez a la discoteca Onyx, entre como mayor de edad con ellas dos del brazo (llevaba carnet falso, aunque no me lo pidieron en ningún momento, creo que por ir acompañado de ellas dos, se fijaron solo en ellas y a mi no me hicieron ni puto caso, en cambio a ellas las radiografiaron de arriba abajo), podía sentir en mi espalda las miradas de todos los chicos del local, seguro que se preguntaban como un pringado como yo podía estar acompañado de semejantes mujeres, os puedo decir que en lo que tarde yo en coger tres bebidas en la barra Raquel y Carmen despacharon cada una a varios babosos, según llegaba las oí a las dos como los mandaban a tomar viento. Pero que brutas que son las dos, miedo me estaba dando de la que se podía liar como se acercaran muchos "ligones" a ellas...

Esa noche me di cuenta de que si quieres ligar lo que te dé la gana sin mover un musculo no hay nada como ir acompañado de dos bellezas que se dediquen a alternarse cada dos por tres a comerte los morros. Es increíble el éxito que tienes, es separarse tus acompañantes para bailar entre ellas y empezar a tener todo tipo de situaciones "curiosas".

Durante las dos primeras horas que estuvimos bailando entre nosotros no paso nada, pero cuando me quedaba solo era increíble. Por ejemplo se dio la curiosa circunstancia de que varias chicas se tropezaron conmigo accidentalmente, pero en vez de ignorarme y seguir su camino, se paraban me daban conversación. Otras se confundieron conmigo, pensaron por lo visto que era un conocido suyo pero dado que no era y como les debía de parecer un chico simpático seguían de palique conmigo. Eso si cuando Raquel o Carmen veían esto una de las dos se acercaba, me abrazaba y me pegaba un morreo de escándalo, creo que se podían ver nuestras lenguas jugando si te fijabas en nuestras gargantas. Las chicas al ver esto se retiraban con cara de pocos amigos y lanzando unas miradas que parecían decir algo así como "menuda guarra".

La verdad es que estaba disfrutando de la situación como un enano y ni que decir cómo me lo estaba pasando con las dos, alternándome a bailar con ambas dándonos besos.

Estábamos a punto de irnos cuando sucedió todo, Raquel me dijo que mirara, que en un rincón con unos chicos estaban un grupo de chicas y entre estas estaban Tere y Sandra, mi gozo en un pozo. Inmediatamente le dije a Raquel que mejor nos fuéramos porque si nos veían a los dos juntos esas dos seguro que se olían lo nuestro y más con la cantidad de morreos que nos habíamos metido delante de todo Dios, ella lo entendió también así y dado que ya nos íbamos no había problema. Afortunadamente no nos debían de haber visto puesto que si no se hubieran acercado seguro.

El problema vino cuando me dijeron que antes debían pasar por el servicio. Me quedé esperandolas cerca de la salida cuando sentí que alguien tocaba mi espalda, me giré y allí estaban las dos: Tere y Sandra. Fue Tere la que inicio la conversación en un tono un pelín irónico.

—Vaya el nene convertido en todo un tío bueno, estás mejor de lo que recordaba, el alcohol ya sabes —me guiñó un ojo y me planto dos besos en la cara para saludarme, besos que le devolví.

—Entiendo... —le devolví el guiño, lo que provoco que me sonriera.

—Vaya, vaya, vaya, que cambio has pegado. Si estas solo no te preocupes que yo me quedo contigo para hacerte compañía.

—Jajaja, no te preocupes, ya me iba.

La muy cabrona de Sandra según terminamos de darnos los besos de rigor se separó y se paso la lengua por los labios como relamiéndose, me miro con los ojos entornados, según terminé de contestarla me soltó:

—Me están entrando ganas de comer algo que sea largo y duro..., quizá antes de que te vayas se pueda solucionar, ¿no?

—A la cola guapa que yo lo he visto primero —añadió burlona Tere.

—Jajaja, pero que mala leche tenéis, queréis que me vaya malito a casa.

Me eche a reír, ellas se me unieron en las risas, aunque vi claramente que ambas se extrañaban un poco de que fuera capaz de seguirlas el juego con tanta naturalidad.

Os juro que empecé a sudar por el rumbo que tomaba la conversación, aunque me la tome a cachondeo pero aun así no pude evitar ponerme colorado y un poquito cachondo, me dio por pensar en esas dos conmigo, ¿que puedo decir?: la imaginación es libre. Así que antes de que pudiera liarse la cosa les dije que me iba, me empecé a dar media vuelta cuando me cogió cada una de ellas de un brazo y me dijeron que de eso nada, que yo esa noche seguía de marcha con ellas. Tere dijo que iba a avisar a sus amigas y avisó a Sandra que no quería regresar y ver que había empezado a violarme sin estar ella, que también quería su parte de mí. Me puse como un pimiento morrón al oír aquello, menudas carcajadas las dos cuando vieron lo colorado que me puse. Tere estuvo hablando con sus amigas y luego regreso con nosotros, mientras yo intentaba explicar a Sandra lo mismo que le había dicho antes, que no me podía quedar porque tenía planes con unas amistades, cuando Sandra se lo dijo a Tere pusieron las dos caras de perrito apaleado y mirándome con morritos me dijeron que porfa, que me quedara con ellas que mis amigos lo entenderían, que con ellas lo pasaría mejor y me guiñaron un ojo las dos a la vez riéndose.

Entonces llego el desastre en forma de Carmen..., menuda conversación entre ellas, desee que me tragara la tierra según empezaron a abrir la boca las tres.

—Cariño, ¿Quienes son estas dos? —entre el "cariño" y la pregunta me planto un beso en la boca la cabrona.

—Son dos amigas, Tere y Sandra, chicas os presento a una gran amiga, Carmen.

—Mucho gusto.

—Mucho gusto Carmen.

—Igualmente, que susto Alejandro, ya pensé que te querían secuestrar para ellas solitas... —y se echo a reír, lo peor es que las miro con cara de decir, muy amigas pero este es mío, si lo tocáis os arranco los pelos, algo que por lo que me di cuenta no les hizo gracia a ninguna de las otras dos.

—¿Y si fuese eso lo que pretendiéramos hacer? ¿Qué pasaría? — vi que Sandra había entrado al trapo y me temí lo peor, por fortuna no estaba Raquel a la vista lo que si habría sido un desastre.

—Pues que os quedaríais con las ganas bonita —Carmen empezó a sonreír, pero con una sonrisita irónica cargada de malicia, creo que llevaba demasiado alcohol encima y se estaba calentando la cosa de mala manera.

—Y eso porque, ¿Por qué lo dices tú? —ostias que Tere también entraba al trapo, la cosa mejoraba...

—No guapas, porque a la única que Alejandro se va a follar para hacer que esta noche se corra como una perra es a mí, ¿os ha quedado bastante claro, monas? Esta noche Alejandro no necesita más putas.

Joder que bruta era Carmen, derechazo directo, además que lo decía completamente enserio, esto empezaba a dejar de ser una broma para empezar a convertirse en una pelea de gatas. No os digo que cara pusieron Tere y Sandra..., daba miedo.

—Pues lo mismo tendría mejores putas con nosotras dos que contigo.

Carmen se dejo de sonrisitas y puso una cara de una mala leche que tiraba de espaldas. Tuve la sensación de que se estaba empezando a comportar como si yo fuese su chico y dos golfas se lo estuvieran intentando levantar.

—Mira mona, Alejandro quiere mujeres no niñatas, tu amiga y tu tardaríais diez minutos en pedirle piedad y dejarle al pobre a dos velas. No valéis ni para putas, como mucho para chupar pollas y aun en eso tengo mis dudas.

Ostias, ostias la cara que pusieron Tere y Sandra..., creí por un momento que se liaban a tortas con Carmen, decidí intervenir antes de que la jodiéramos, nunca mejor dicho.

—¡Eh!, ya vale las tres, que todo empezó de coña y lo vais a joder al final —puse toda la cara de cabreo que pude deseando que me tomaran en serio.

Carmen se me quedo mirando y cogiéndome de la mano me dijo:

—Mira, esa es una buena idea... —se me quedo mirando y de pronto parecía completamente calmada y me miraba como calculando algo.

—¿Qué idea? —estaba absolutamente perplejo por el cambio y el tono empleado.

—La de joder, por supuesto, anda ven conmigo.

Pensé algo así como: Ay Dios, y ahora qué coño piensa hacer esta tía...

Me empezó a arrastrar detrás de ella mientras veía como Tere y Sandra nos seguían a corta distancia intrigadas pero con cara de pocos amigos, bueno para ser precisos con caras de querer liarse a ostias con Carmen lo antes posible. Llegamos al servicio de mujeres y Carmen sin pedir permiso ni nada a las que esperaban me metió dentro, donde por cierto había una decena de chicas más, ni que decir tiene que detrás entraron

Sandra y Tere cada vez más enfadadas. Cuando me vieron entrar con Carmen una de las chicas que estaban dentro del servicio salto como una escopeta:

—Qué coño hace este tío aquí, fuera de aquí joder, que es el servicio de chicas.

—No te preocupes guapa que no te va a molestar lo más mínimo, que lo traigo precisamente para que me haga eso que acabas de decir, joderme, y tú tira pa adentro.

Abrió uno de los servicios y me metió dentro de un empujón, entrando ella detrás y cerrando la puerta tras ella. Como entre de espaldas pude ver la cara de perplejidad que ponían mis compañeras y las demás chicas que allí había antes de que se cerrara la puerta. Me quede sentado sobre la taza, vi como Carmen se subía la falda, se quitaba el tanga, manipulaba el móvil dejándolo en el suelo después y se lanzaba sobre mí. En menos de diez segundos ante mi absoluta perplejidad tenía mi polla en su boca y en quince segundos más cuando vio que estaba completamente empalmado se había empalado con ella, la jodía estaba chorreando flujos por su coñito. Debo de reconocer que me olvidé de todo en cuanto sus labios tocaron mi polla, la situación y el morbo me pudieron y empecé a colaborar con ella, primero la ayude a subirse encima mío y empalarse, luego cuando ella subía su pelvis yo encogía mi culo para intentar que mi polla saliera todo lo posible, y cuando ella se dejaba caer sobre ella yo avanzaba con todas mis fuerzas mi pelvis al encuentro de Carmen mientras mis manos la estrujaban los pechos entre nuestros gemidos. Su forma de gemir y gritar no eran normales, parecía que la estaban matando, me di cuenta que la cabrona lo exageraba para que nos oyeran bien, me imagine a quienes estaba dedicado el espectáculo pero ni podía ni tenía ganas de parar de follarme a Carmen, a los cinco minutos se corrió como un grifo encima mío.

Yo en cambio no me había corrido y estaba como un horno, ella se levantó preparandose para salir de allí, supongo que a restregárselo por la cara a las otras dos. Eso me calentó más todavía, la obligue a girarse dándome la espalda, de forma nada delicada la puse contra la pared y de una sola estocada se la ensarte por el culo, aunque mi polla estaba lubricada con sus propios fluidos su grito fue espectacular, pero sin comparación con sus gemidos. Cuando empezó a disfrutar, todo ello debido a mi masturbación de su clítoris mientras me follaba su culo con toda la violencia que podía, empezó a gemir y gritarme que la diera más duro, que no me preocupara, que quería que le reventara el culo sin piedad, todo esto a voces con un destino bien definido. Al poco llegamos los dos a un sonado y sonoro orgasmo, Carmen era como una alarma de incendios, creo que nos debió de oír toda la discoteca. Después de corrernos y sin soltarla, con mi mano derecha la cogí del pelo y la hice girar la cabeza para a continuación meterla la lengua hasta las amígdalas, cuando vi la cara de vicio que tenia empecé a pensar que quizá, y solo quizá estos últimos gritos fueran reales, quizá en ese momento a Carmen la importara dos mierdas si alguien nos oía follar y quien fuera este, o estas.

Cuando salimos del servicio los dos me di cuenta que había allí muchas chicas más, todas con las caras rojas y los ojos brillantes, incluidas Tere y Sandra, os juro que la expresión de ellas dos me produjo un escalofrió repentino, tenían los ojos brillantes y los labios muy húmedos, como si se hubieran estado pasando la lengua constantemente por ellos para mojárselos. Cuando pasamos al lado de la chica que nos llamo la atención al entrar Carmen se paró y se dirigió a ella:

—¿Ves como mi chico no ha molestado a nadie? ¿Lo único con molestias son mi culo y mi coño, molestos y doloridos pero felices. Aunque creo que a más de una de las presentes —y la cabrona miro a Tere y Sandra con una sonrisita de superioridad —, le pica el coño a base de bien y se lo tendrá que rascar solita —y se echo a reír a carcajadas mientras tiraba de mi para que la siguiera. Las caras de Tere y Sandra eran un poema, entre cabreadas y salidas pérdidas.

Según salimos del local no pude aguantar más tiempo para echarle la bronca a Carmen:

—Que pollo has liado Carmen, ¿Que pensara Raquel de todo esto?

—Alejandro, de quien crees que ha sido la idea, bueno la de follar tú y yo no eso ha sido un extra, además que tú no te has quedado precisamente quieto, pero de todas formas no te preocupes como la he puesto la videollamada del móvil cuando hemos empezado a follar supongo que no estará muy enfadada, cachonda seguro que lo esta… así que aprovecha.

—¿Y eso que se supone que significa?, lo de que aproveche.

—Pues está claro, estará cachonda pérdida y te tiene ganas desde lo de esta mañana conmigo, pero no ha dicho nada porque te pidió que lo hicieras y teme que te sientas mal por ello, que eres muy rarito para ser un tío. Pero ahora tiene la oportunidad perfecta para tenerte…, así que mientras yo conduzco a casa tú te la follas en el asiento trasero del coche mientras llegamos a nuestro destino, y si hace falta se da un rodeo para que la dejes contenta.

Ni que decir tiene que la mande a la mierda directamente, la dije que se riera de su abuela. Pues su abuela no sé, pero al oírme eso se empezó a descojonar de risa mientras íbamos hacia el coche, donde me lleve la sorpresa de mi vida, la cabrona de Carmen tenía razón, estaba claro que nunca entendería a las mujeres. Raquel estaba en el asiento de detrás con la falda subida, las bragas quitadas haciéndose un dedo. Cuando nos vio me abrió la puerta de atrás mientras le decía Carmen que condujera, y si, según me senté me abrió la bragueta y se puso a chuparme la polla hasta que se puso dura, mientras yo la metía dos deditos en el coño con el pulgar la acariciaba el clítoris. Cuando considero que estaba dura del todo se empaló en ella, exactamente igual que Carmen en el servicio, Raquel estaba desatada además de cachonda perdida. Ya me daba todo igual, así que me dispuse a follármela todo lo mejor que fuera capaz, además que coño, era mi madrastra, ¿no?, pues con más motivo.

Estuvimos follando todo el camino a casa, ella subía y bajaba de forma violenta, un par de veces se dio con el techo sin que diera muestras de haberse enterado siquiera. Yo mientras, como antes con Carmen la estrujaba las tetas, y a la vez con mis pulgares la acariciaba los pezones o los pellizcaba con la uña del pulgar, cada vez que hacia esto a Raquel se le escapaba un gemido, clara señal de que con ella funcionaba perfectamente el tratamiento. Afortunadamente nos corrimos poco antes de llegar, porque no sé si hubiéramos sido capaces de dejarlo para entrar con el coche en el parking del edificio como simples vecinos que habían ido de fiesta juntos. Cuando llegamos a casa de Raquel ambas me dijeron que me fuera a dormir, que si me quedaba no respondía ninguna de las dos y querían que al día siguiente estuviera en plena forma para, según ellas, dejarlas el coño y el culo en carne viva. También me dijeron que esa noche se apañarían ellas solas porque estaban ardiendo, todo esto mirándome las dos con unos ojos muy turbios, también vi que mientras Raquel hablaba Carmen me miraba tragando saliva y relamiéndose. Les hice caso y me retire a mi habitación corriendo.

Cuando me acosté no pude evitar pensar en todo lo que había pasado esa noche, me quedo muy claro que cuando Carmen fue a por mí lo hizo siguiendo instrucciones de Raquel, estaba claro que toda la parafernalia del machote que se la iba a pasar por la piedra esta noche iba dirigido a Sandra y a Tere, pero a Carmen se le fue la mano del todo, la cosa se calentó entre las tres que empezaron a competir y al final Carmen lo soluciono a lo bestia, me llevo al servicio para que me la follara delante de todo el que allí estuviera, incluidas mis compañeras... y para acabar de rematarlo Raquel también se apunto a la fiesta, aunque por fortuna fue en el coche.

CAPÍTULO 8

Entonces me lleve las manos a la cabeza cuando me di cuenta de lo que suponía lo del servicio, adiós al pardillo, estaba claro que después de oír cómo me follaba a una tía haciéndola gritar (estoy seguro que Carmen subió el volumen aposta, pero segurísimo) de placer, de una forma que parecía que la estaban matando, ahora estas dos empezarían a tratarme de otra forma y para colmo estaba seguro que además las dos se quedaron cachondas perdidas después de oír el tratamiento de Carmen. Empecé a darme cuenta de la que se me venía encima cuando pasara el fin de semana y fuera al instituto con esas dos...

El lunes Tere se acercó a mí antes de que pudiera esquivarla, acercó su boca a mi oído y dijo:

—Os vi en el coche a la salida de la discoteca Onix, a tu madrastra y a ti.

Toda la sangre abandono mi rostro, lo que tanto había temido, El vacile del sábado nos había salido caro y pese a nuestras precauciones se había producido: Tere me había visto follar con mi madrastra y ahora se iba a vengar de mis desprecios. Asustado la sujeté fuertemente del brazo y le dije:

—¡No debes decirselo a nadie!, o sino...

—¿Que?, ¿que me vas a hacer? Nada, te tengo en mis manos, os tengo en mis manos.

La arrastre al pasillo y cuando ya estabamos suficientemente lejos de la gente le pregunté:

—¿Que quieres Tere?, Dinero, puedo arreglarlo...

—¿Dinero?, no, mis padres también me dan todo lo que les pido…, salvo una cosa.

—¿Que es?, dime lo que quieres y acabemos de una vez.

—Te quiero a ti, en mi cama una tarde. Quiero lo que le das a ella…, al menos una vez.

—¿Porque?, ¿porque yo? Puedes tener a cualquier tío del instituto.

—Cualquiera menos tú. Nadie me ha tocado como tu aquella vez en el armario. He decidido perder mi virginidad y quiero que sea alguien paciente y delicado. Alguien como tú.

—¿Solo eso?, me das tu palabra de que será una sola vez.

—Sí, salvo que tu quieras repetir…

—No, no creo que ocurra.

—Entonces una sola vez, una tarde y mis labios quedaran sellados.

Asentí pensando que podría haber sido mucho peor, solo un polvo a una tía buena no era un alto precio por preservar nuestra felicidad. Al llegar a casa se lo expliqué a Raquel y al terminar ella gritó:

—¡¡No!!, debe haber otra forma de arreglarlo.

—¿Cual?, ella no quiere nada más que una tarde. Tampoco es para tanto.

—¿No?, y no será que tú quieres tirartela con mi bendición. ¡A mí no me engañas!

—¿Que?, ¡no!, Tere no significa nada para mí.

—¿Acaso me vas a decir que no te gusta?

—Es guapa pero no es mi tipo. Además yo estoy contigo.

—Claro, porque seguro que no te apetece desvirgar a una jovencita...

—¡Basta mami!, esto lo hago por los dos, ¡tienes que entenderlo! Yo...,
te quiero.

—¿Ahora me lo dices?, que conveniente. ¡Entiende tú esto!: si lo haces
haré que te arrepientas.

Lo dejamos ahí, con su amenaza cerniendose sobre mí. Pasaron unos
días en los que mi madrastra no me dirigió la palabra, ni siquiera una
mirada. No entendía el motivo de su enojo, ya había follado con otras
aunque siempre en su presencia, incluso me planteé sugerirle que se
acostase ella con otro para de alguna forma quedar en tablas pero tal y
como estaban las cosas tuve la impresión de que seria aún peor. ¡Joder
si hasta le dije que la quería! Y era cierto, había hecho falta ver peligrar
mi relación para comprenderlo al fin, pese a la diferencia de edad, pese
a que fuera mi madrasta la quería, por inadecuado que fuera era así.
Tendría que convencerla pero antes debía solucionar el problema con
Tere. Llegó el viernes y al salir del instituto le envié un mensaje: "hoy
llegaré tarde" que quedó sin respuesta.

Acompañé a Tere a su casa intentando olvidar por un rato a Raquel,
pasar este trámite y después solucionar las cosas entre nosotros.

Comimos en su casa solos, en un silencio tenso y al acabar me guió a su
habitación y entonces me dijo:

—Abrazame por favor.

Así lo hice y abrazados estuvimos unos segundos que me parecieron
horas y comencé a sentir cómo una tensión crecía entre ambos. Noté
como mi miembro después de una semana de ayuno se marcaba un
bulto en mi pantalón, Tere debió notarlo porque su respiración se
volvió entrecortada. Solo entonces pensé en ella: su miedo y su deseo,
era una chica virgen y pesé al chantaje no le deseaba ningún mal, haría
que su primera vez fuera lo mejor posible para ella.

Nos separamos, la tomé por los hombros y la miré fijamente con ternura. Al parecer leyó mi mente porque sonrió y me besó muy suavemente los labios. Para mí fue algo extraño, darme cuenta de que Tere me deseaba tanto y que yo también la deseaba. Conectabamos y nos fundimos en un largo y apasionado beso, la tomé del cuello y enlacé su lengua con la mía.

—Alejandro...

—Tere, debo confesar que te deseo… pero eso sólo será tu decisión, sólo pasará si tú lo quieres…

—Mi único deseo es que tú me hagas mujer…

Dicho esto, nos volvimos a envolver en una serie de besos que poco a poco fueron subiendo la temperatura. Le acariciaba el cuello y los hombros y suavemente la fui desnudando. Me separé de ella, di un paso atrás y me quedé ahí, sonriendo y observándola con un destello de ternura en mis ojos…

—Eres hermosa Tere...

La sostuve en mis brazos y la deposité en la cama como una novia recién casada. Me desnudé y me

senté junto a ella acariciando su pelo mientras bajaba mi cabeza y aprisionaba uno de sus senos en mi boca. Cuando mi lengua tocó su pezón gimió. Yo succionaba y jugueteaba con mi lengua, mordisqueaba de vez en cuando y otras veces sostenía su pezón entre mis labios y lo estiraba poco a poco. Con una mano me encargaba de su otra teta, apretándola fuertemente, sobando y pellizcando su pezón… la estaba volviendo loca, sus pezones que eran grandes y lisos se tornaron completamente duros y erectos en cuestión de pocos minutos.

Fui bajando mi mano poco a poco, acariciando primero su brazo, luego su vientre, sus muslos y finalmente, sin dejar de mamar sus pezones, abrí sus piernas y comencé a acariciar su vagina, lo que le hizo soltar un grito que intentó ahogar con su mano. Primero le acaricie por encima, tocando los vellos que cubrían su tesoro, luego abrí los labios mayores e introduje mis dedos suavemente separando los labios menores hasta llegar a su pequeño clítoris que esperaba ansioso la atención.

Al cabo de unos minutos en los que seguía mamando sus tetas alternadamente y acariciando su clítoris comenzó a temblar, su cuerpo se sacudía y su respiración se contenía durante unos segundos mientras me acariciaba el pelo. Finalmente su espalda se arqueó y tuvo una ligera convulsión a la vez que soltaba un grito profundo: había tenido un primer orgasmo.

Retiré mi mano húmeda de su vagina y alejé mi lengua de sus pezones. La miré con ternura y sonreí mientras ella recuperaba la respiración recostada en la cama. Me sonrió de vuelta le di un beso tierno en los labios.

—¿Mejor? —le dijé después al oído y acaricié su cabello alborotado.

Después de unos minutos, recuperó fuerzas y se sentó en el borde de la cama. Sus muslos seguían aún húmedos. Mientras yo seguía acariciándole el cabello con ternura, saqué mi miembro de su prisión y lo coloqué a escasos centímetros de su rostro. No debía haber visto muchas porque la miraba hipnotizada, acercó sus labios mientras me miraba a los ojos, besó la punta varias veces y luego con su lengua comenzó a recorrerla, de abajo hacia arriba y alrededor, con torpeza pero con unas ganas que me excitaron como pocas veces.

—Mmmm, sí, así mi nena… mmmm —decía entre gemidos—. Métela toda en tu garganta.

Se metió mi verga en su boca. No sabía muy bien cómo manejar la situación, era un poco torpe, pero eso me encantó y comencé a guiarla con mi mano sobre su cabeza marcando el ritmo hacia atrás y hacia adelante, mi polla empapada en saliva, salía y entraba de su boca y cada vez iba un poco más profundo. De vez en cuando miraba mi miembro, pero prefería mirarme a los ojos como una mamona vocacional, así podía saber si me gustaba lo que estaba haciendo o no.

Después de unos minutos de esta faena, inconscientemente sostuvo mi verga con la mano derecha, y comenzó a moverla al ritmo de su boca, de arriba hacia abajo… y con la mano izquierda alcanzó mis cojones acariciándolos y la felicité:

—¡Ahhhhh, Tere! Lo haces muy bien, como una autentica putita.

Mientras apretaba mis cojones me comía la verga, yo gemía más y más fuerte y cuando pensé que me correría, la hice detenerse y me separé. La recosté en la cama y con las piernas abiertas acerqué mi rabo a su entrada y jugué con él diciendo:

—Ha llegado el momento Tere, ¿Quieres entregarme tu virginidad?

—Sí, quiero entregártela a ti. Quiero sentir tu miembro dentro de mí, quiero que tú me hagas mujer por primera vez: quiero ser tuya.

Mi polla se abrió paso entre sus labios y se encontró con la entrada de su coño aún intacta y coloqué allí la punta diciendo:

—Quizás duela un poco al principio, pero después solo sentirás placer.

Un poco asustada pero muy excitada también me dijo:

—Estoy lista.

En ese instante grito de dolor al traspasar su barrera, me quede quieto esperando que se acostumbrase a sentir una verga por primera vez en su coño. Pude sentir un líquido correr por sus muslos hasta mi trasero y de pronto ya tenía media polla dentro de ella. Soltó un agudo gemido, más de dolor que de placer y se aferró con más fuerza a mis brazos.

Poco a poco saqué mi pene y volví a introducirlo en su estrechísimo coño, acción que repetí una y otra vez lentamente mientras su coño se acoplaba al tamaño de mi verga. El dolor disminuyó un poco y en su lugar comenzó a sentir placer a juzgar por su rostro y sus jadeos. Con cada embestida lograba meter un poco más de mi rabo, hasta que pudo sentirla toda dentro de su coño.

Así comenzó mi faena, la follaba cada vez más rápido y ella gozaba de sentir todo mi cuerpo sobre el suyo. De los movimientos torpes poco a poco fuimos llegando a un ritmo armónico y mi cuerpo se ajustó al suyo. El sudor caía por mi frente y mantenía mi piel húmeda.

Trasladó sus brazos hacia mi cuello, entrelazando sus manos por detrás de mi nuca, ya no sosteniéndose por miedo, sino abrazándome con pasión. Acerqué mi rostro al suyo y nos fundimos en un tierno beso mientras la embestía con tosa mis fuerzas.

Ella tuvo un segundo orgasmo. Esta vez más intenso y ruidoso que el primero, su cuerpo tembló, su respiración se detuvo y la mirada se le nubló. Exhaló un largo grito, saqué mi verga y comencé a masturbarme hasta correrme sobre su vientre y sus tetas. Descargue una gran cantidad de leche tibia mientras emitía un grito de placer desgarrador.

Me dejé caer a su lado en la cama, aún con mi miembro duro en la mano.

Los dos agotados permanecimos ahí largo rato. Me giré y quedando frente a ella la miré, acaricié su cabello, la besé y la abracé. Así fundidos nos quedamos más de una hora, sin decir nada el uno al otro, sintiendo la tibieza de nuestros cuerpos.

Ya recuperado el aliento, me dijo:

—Gracias, Alejandro.

—Gracias a ti preciosa, me has dado el regalo más hermoso: tu virginidad.

—Quiero que volvamos a hacerlo y que esta vez te corras dentro de mí. Quiero sentir en mis entrañas tu leche. No te preocupes por mí, estoy sana y me cuido.

—No puedes ser Tere, aún estás delicada y te dolerá.

—Solo te tengo esta vez, por favor, te lo estoy suplicando. No lo pienses demasiado.

Convencido con ese argumento, Me levanté, se la metí de una sola vez y así quedamos de nuevo unidos el uno al otro. Mi cuerpo subía y bajaba rápidamente, y podía sentir como mi polla se deslizaba en aquel coñito tan acogedor. Sus tetas se movían al ritmo de las embestidas. Ambos estábamos empapados en sudor y gemíamos de manera escandalosa.

La penetraba una y otra vez. Mi boca estaba a la altura de mis oídos y me estremecía al sentir su respiración tan agitada.

—Mi putita, ¡qué coño tan rico y estrecho tienes!, es un placer follárselo —le decía al oído.

Mis embestidas aumentaron de fuerza y velocidad hasta que me tensé y con un grito agónico descargué mi leche en su calido interior. Un torrente de líquido caliente recorrió el interior de su vientre y le hizo alcanzar un nuevo orgasmo.

Exhaustos debido a ese par de horas tan intensas, los dos caímos sobre la cama, abrazados, desnudos y aún unidos nos rendimos lentamente al sueño.

A las ocho me desperté y tras darle un dulce beso me duche y me marche a casa.

Al llegar todo estaba en silencio y en el salón no había nadie, estaba claro que no arreglaríamos nada hasta mañana.

El sábado por la mañana tampoco había nadie en casa pero en la mesa del salón había un usb con mi nombre, lo pinche en mi portátil, solo contenía un archivo de vídeo. Lo abrí con miedo de lo que me podría encontrar en su interior como así fue.

La imagen parecía de los vestuarios del gimnasio, al principio solo vi a un par de musculitos del gimnasio en ropa interior hasta que la pantalla fue invadida por la cara sería de Raquel y entonces comenzó mi tormento

—¡Por fín! ¡Ya creíamos que no ibas a llegar!

Raquel hizo su aparición en el vestuario de tíos, ¿que se proponía a hacer allí? Aún estaba desconcertado cuando la respuesta disipó sus dudas:

—No voy tan rápido como vosotros, cabrones ¿Habéis empezado sin mí?

—No, ya sabes que sin ti no es lo mismo —Contestó uno riéndose.

Pero ¿Qué coño..? Eso era otra voz masculina. ¡Y hablando en plural! Y Raquel con ellos. ¿Qué diablos estaba pasando? Me dio un vuelco el corazón. ¿Que iba a hacer? A lo mejor no era lo que parecía… Ése pensamiento fue tan inocente que hasta en mi cabeza sonó absurdo. Tenía que verlo saber qué había pasado allí. Lo que vi me fue como ácido bajando por mi estómago. Raquel estaba entrando hasta la zona de bancos mientras se desnudaba, se sentó en el banco de cara a la cámara, sonriente y con una coleta agarró con sus manos las pollas de otros dos amigos suyos. Ambos completamente desnudo salvo por su calzado deportivo. Ambos de pie frente a ella.

—Mmmm, veo que me habéis dejado lo mejor —dijo el último dándole una palmadita en la espalda a sus dos compañeros varones a modo de saludo.

Acto seguido cogió a Raquel de la coleta, se sacó la polla, y se la metió a mi madrastra en la boca, que empezó a mamar mientras su compañero le llevaba el ritmo cogiéndola del pelo.

No es posible, Raquel no puede hacerme esto, dice que me quiere, ella jamás haría algo así. Tuve el impulso de detener el vídeo e intentar ignorar aquella locura, pero aquello ya había sucedido aunque quisiera ignorarlo. Ahora Raquel pajeaba fuerte e intensamente a diestra y siniestra y emitía pequeños gemidos mientras chupaba la polla de aquel tipo. Suspiraba al dejar de hacerlo momentáneamente para lamerle también los huevos, dar sendas chupadas a los rabos de sus manos izquierda y derecha, y volver a empezar. No la estaban obligando precisamente, a punto de echarme a llorar. Por un momento me fijé en los chicos. El de la derecha lucía un cuerpo perfecto. Delgado y sin un ápice de grasa, tenía un torso que bien podría ser perfectamente la portada de una revista de fitness para hombres. El de la izquierda tenía una espalda ancha y musculosa, y unas nalgas que parecían cinceladas en piedra. Mi madrastra se las agarraba cuando se lanzaba a chupárselas. El tercero en discordia no era distinto, y por si fuera poco las tres pollas eran, sin ser gigantes, bastante largas, bastante gruesas y absolutamente rectas y duras.

Visto lo visto, no tenía mucho sentido seguir mirando. ¿Para qué torturarse más? Ya había visto todo lo que tenía que ver, y ya tenía bastante claro que no me sentía con ánimos para nada. Ya decidiría cuando hablara con Raquel… Por mi cabeza empezaron a desfilar posibilidades: Peleas, discusiones, divorcio de mis padres...

Pero de nuevo las voces me sacaron de mis ensoñaciones.

—Bueno chicos…, ya habéis disfrutado bastante del aperitivo, pasamos al plato principal.

Raquel dejó momentáneamente los tres rabos, que los chicos mantuvieron duros pajeándose mientras la miraban, y coquetamente, se situó frente a ellos, y se quitó los shorts dándose la vuelta. Un escueto tanga negro deportivo enmarcaba perfectamente su duro culito, fibrado, duro, redondito, bronceado y aún con una capa de brillantes gotitas de sudor.

No hizo falta más, los tres musculitos se le echaron encima como posesos, la rodearon y la magrearon por todos sitios. La cogieron de la nuca y la morrearon a placer, metiéndole la lengua hasta el fondo uno tras otro, por turnos. Mientras, los que quedaban libres seguían a lo suyo: Raquel se besaba alternativamente con dos, el tercero se situó con su polla en ristre tras ella y apartó la tirita de su tanga. Le dio dos o tres fuertes lametones en su rajita, brillante de humedad y acto seguido se dispuso a penetrarla.

—¡Oooohhh, si, joder, eso es lo que quería, José! ¡Méteme la polla, vamos, porfaaa! ¡Clávamela a pelo!

No salía de mi estupor. Ahí estaba, pidiendo a gritos a un tío se la follase a pelo mientras chupaba dos pollas más.

—¡Fóllame José, vamos, ábreme el coño a pollazos!

—¡Pues toma! ¡Joder, que gusto! ¡Toma polla zorraa!

Mientras mi madrastra ponía cara de morir de gusto y lascivia con cada embestida de esa follada, entre los otros dos hicieron desaparecer rápidamente su sujetador deportivo. Sus preciosas tetas quedaron al aire, erguidas y duras, también brillantes bajo una pátina de sudor, que dos de sus amantes se apresuraron a saborear a lamidas junto con sus pezones. Raquel puso los ojos en blanco de puro placer mientras la penetraban y tenía una boca chupando cada uno de sus pechos. Alargaba las manos para coger los cipotes y los pajeaba viciosa. Después no le importó que dejaran de comerle las tetas con tal de poder probar aquellas pollas, y empezó de nuevo a chuparlas alternativamente. Cada vez estaba más cachonda. Al placer del polvazo que le estaban echando se juntaba el morbo de la situación, y el estímulo visual de tener dos vientres masculinos perfectos cuajados de abdominales delante suya, desnudos hasta sus dos preciosas pollas enhiestas, fuertes y duras. Miró la del otro y casi se corrió automáticamente: Gruesa y larga, firme como una barra de acero, rugosa de fibra y venas y con un glande carmesí brillante de líquido preseminal y su propia saliva. Presa del deseo, se abalanzó sobre ella. Se desensartó de la polla de José y se empaló en el otro pollón empujándole hasta tumbarlo boca arriba en el banco. Empezó a cabalgarlo furiosamente.

—¡Dios, siiii!, ¡me corro cabrones! —dijo contorsionándose espasmódicamente sobre aquella polla.

—Joder, Raquel, casi me tenías, estaba a punto preciosa —dijo José pajeándose contrariado después de que mi madrastra cambiase de verga.

—No, no lo echarás —dijo ella girándose viciosa y tumbándose más sobre su follador y alzando su perfecto culito en pompa. Llevo atrás sus manos, se cogió una nalga con cada una de ellas, y se las abrió mostrando un centímetro más arriba de la polla que bombeaba sin piedad su coño, un ojete cerradito y tierno—, vamos, ¿no estabas a punto? —dijo, con mirada de vicio—Mmm, pues pétame el culo.

Había pasado de la sorpresa al dolor y del dolor al estupor ante semejante la estampa: mi dulce madrastra, tan puta como en aquellos primeros vídeos, estaba en plena orgía con tres adonis, cabalgando la polla de uno mientras pajeaba la de otro y pedía a gritos al tercero que la enculase, suplicándole como una perra en celo que sodomizase su precioso y pequeño culito.

—¡Joder, Raquel pero qué guarra eres! —dijo José, sin hacerse de rogar, follando su culo— ¡ohhh!, ¡Dios, pero qué estrecho! ¡Que gustazo, mmmm! ¡Parece el de una jovencita! ¿Es que tu marido no te da por el culo?

—¡Sí que me da! —contestó ella al borde del éxtasis— ¡Pero no tiene tu pedazo de polla, cabrón!

Raquel estaba en el séptimo cielo, dejando claro que disfrutaba más de aquellos pollones que del mío. Ponía los ojos en blanco de la sobrecarga sensorial de tener dos pollas dándole placer, una por cada una de sus cavidades inferiores, mientras alguien, cogiéndola de la coleta, le follaba la boca sin compasión.

—¡Ooohhh, joder, Raquel, como sigas así me corro, tía! —gritó José.

—¡¡Joder, y yo!! —se le unió el de su coño.

—¿Y qué pensáis hacer?¡¿Parar?! ¡¡Vamos, folladme cabrones!! ¡¡Jodedme duro hasta que os corráis!!

Uno por el coño y José por el culo, empezaron a arreciar la velocidad y fuerza de las embestidas. Raquel estaba desatada, había perdido la cuenta de cuantos orgasmos había podido tener ya; algunos de ellos eran simultáneos y la mayoría, brutalmente intensos y largos.

Por fin llegaron ellos, ambos relajaron un poco la velocidad de sus embestidas, doblaron la potencia de las mismas y empezaron a gritar gimiendo en sendas eyaculaciones. Ahora fue José el que la agarró fuerte de la coleta tirando salvajemente de su pelo hacia atrás, mientras le metía todo su semen tan adentro del culo que Raquel que pensé que acabaría vomitándolo por la boca.

—¡Toma corrida nena!¡Me corro en tu culo guarra!

—¡Ohhhh, joder y yo! ¡Me corro, siente mi leche! ¡Me vengo en tu coño de guarra!

—¡Siiii! ¡Rellenadme entera de semen como si quisierais dejarme embarazada! ¡Preñadme cabronazos!

Cuando sacaron rendidos sus pollas aún erectas de los orificios de mi madrastra, cayó sobre el banco desmadejada, abierta, con sus agujeros dilatados y manando semen abundantemente. Aún así no había terminado, y de ésa guisa siguió voluntariosamente con aquella polla pajeándola y lamiéndola aún con ansias. Tras mamarla el que estaba también apunto para terminar dijo:

—¡Ohhh! ¡Yo también me corro puta! ¡Sácate la polla de la boca, guarra! Quiero correrme en tu cara, vamos ordeñame en tu preciosa carita que quiero llenártela de lefa!

Raquel se sacó aquella tranca de la boca y empezó a masturbarla, viciosa y obediente, apuntándose con el cipote a la boca abierta y la lengua sacada.

—¡Ohh, sí, echamelo todo en la cara! Báñame en tu leche, correte en mi carita de puta.

El cabrón se corrió como un toro en la cara de Raquel, que aguantó con expresión lasciva, boca abierta y lengua fuera seis o siete lechazos de semen espeso, blanco, caliente y grumoso por toda su cara, desde el pelo hasta los ojos, las mejillas, la nariz y su propia boca. Conforme lo veía no pude resistirlo más y vomité con la imagen de Raquel relamiendo y tragando cada chorretón de semen al que llegaba con su lengua, y a los que no, los recogía ávidamente con sus dedos para llevárselos a los labios, relamiendo la lefa de ellos.

Fui al baño a lavarme la cara y al volver vi la imagen de Raquel congelada en la pantalla. No sabía qué hacer ahora. seguí frente al portátil, observando como si no estuviera ahí, como si no existiera. La realidad me había dado una paliza y no tenía ganas de levantarme de la lona. Ni siquiera de arrastrarme sobre ella, volví a mi cuarto y me tumbé sobre la cama, pase así toda la mañana, la tarde y la noche, sin comer y sin que ella volviera. Me dormí al fin y al día siguiente mis tripas me forzaron a comer, todo me sabía a ceniza. A la noche, de madrugada creí sentir la puerta abrirse, no me levanté a encararla, no tenía fuerzas para hablar ni sabría que decirle. Me había enamorado, le había entregado mi corazón a una arpía y me lo había devuelto hecho pedazos. Mi madrastra me había dado mucho pero me había quitado más aún. Ni siquiera tuve el estomago suficiente para quedarme la memoria y volver a chantajearla, ¿para que? Ya no quería su cuerpo perfecto ni su lengua venenosa. Lección dura, lección aprendida.

El lunes me levanté y al cruzármela por el pasillo ni siquiera la miré, me daba asco y me dolía demasiado. En el instituto estuve totalmente ido, tanto que ha última hora no vi venir a Tere que sentándose a mí lado me pregunto:

—¿Te pasa algo Alejandro?

Me reí sin humor, ¿me pasaba algo?. Nada importante solo que mi vida idílica se había revelado una falsa ilusión, un espejismo. Y ella había sido el catalizador de su destrucción.

—Alejandro..., me estás asustando.

—¿Quieres saber que me pasa? ¡Que me ha dejado!, ¡yo lo hice por ella y así me lo ha pagado la mala puta!

—¡Baja la voz Alejandro!, te van a oír.

—¿Sí? Y que más pueden hacerme, ¿eh?, ¿que más pueden hacerme que no me haya hecho ella?

—¡Estás fatal tío!, ¿quieres venir conmigo a comer y hablamos?

Lo pensé, pensé como se pondría mi madrastra hasta que recordé que yo ya no le importaba y asentí. Comí con Tere y me pase la tarde en su casa frente a la tele, ella pacientemente esperó que me vaciara pero no es mi estilo así que al llegar la noche regresé a mi casa. En el salón estaba Raquel, aparentemente muy enfadada y me gritó:

—¿Que horas son estás de llegar?, ¿de donde vienes?

La ignoré y al pasar a su lado asió mi brazo con fuerza y gritó:

—¡Contestame!

Me giré y fulminándola con la mirada me desasí de malos modos e ignorando sus quejas me encerré en mi cuarto.

Los días se fueron sucediendo con su gris monotonía: instituto, gimnasio y mi cuarto. Apenas pisaba el resto de la casa. Ni nos mirábamos ni nos hablábamos, eramos dos extraños condenados a compartir un espacio. Tere se convirtió en mi silencioso paño de lagrimas, muchas tardes las pasaba en su casa, sentado en su sofá como un zombi y pese a sus esfuerzos por animarme parecía que estaba más allá de la desesperación.

La semana pasó, una semana en la que mi dolor se iba diluyendo poco a poco. Tendría que levantar cabeza, volver a ilusionarme por las cosas, volver a disfrutar del sexo como antes solo que esta vez no volvería a enamorarme.

Un día al llegar a casa por la noche como ya era habitual en mí esta vez mi madrastra me bloqueo el paso a mi cuarto y dijo:

—Ahora lo sé todo, sé que pasas las tardes con ella pero no en su cama. ¿Porque, porque no te quedaste el vídeo para volver a chantajearme? Yo..., lo esperaba.

La miré con odio, ¿cómo sabía que hacía en casa de Tere?, ¿cómo se atrevía a preguntar? Contesté molesto:

—Lo que yo haga o deje de hacer no es de tu incumbencia. Tú para mí estás muerta, apartate de mi camino, no quiero verte.

CAPÍTULO 9

Aparentó alterarse por mis duras palabras aunque yo sabía que fingía. Todo en ella era falso y yo había sido un ingenuo por creerla desde un principio. Si hubiera visto la realidad la habría tratado solo como un trozo de carne para mi uso y disfrute y no estaría ahora así de vacío. Cuando al fin se apartó pude acceder a la soledad de mi cuarto. Escuché el sonido de la puerta de entrada, se iba, no debería importarme. Poco después escuché un fuerte golpe y un frenazo brusco, no sería la primera vez que sucedía un accidente en el paso de peatones así que salí por si debía llamar a una ambulancia. Varías personas formaban un circulo y supuse que había un peatón herido. Me acerqué a observar y quedé petrificado, allí en el suelo yacía inerte, la que había sido la dueña de mis sueños y de mis pesadillas cumpliendo mi última voluntad. Mientras varías personas la atendían yo solo podía mirar a través de mis ojos borrosos por las lagrimas que caían sin freno ni control. La ambulancia llegó y la recogió. Unas manos me condujeron a un vehículo y me trasladaron al hospital, no recuerdo quien fue, en aquel momento solo podía pensar en su bello y pálido rostro. Me acompañaron a una sala de espera y allí quedé varado en una silla, llorando hasta que no quedaron más lagrimas. ¿Cómo pude decirle aquello? El dolor por su engaño era un dulce recuerdo frente a este dolor, ¡yo era el causante de su muerte! ¡Era yo quien merecía estar muerto! Ella no debía, no podía morir, ¡era mía!, lo dijo, ¿no es cierto? No podía irse sin mi permiso, no podía morirse sin mi permiso. ¡No la dejaría marchar!, ni ahora ni nunca. ¡Era mía y conmigo debía permanecer para siempre!

Más tarde, no sabía el tiempo que había pasado, el medico salió a informar a la familia. Dijo que había recibido un fuerte golpe en la cabeza, un conductor despistado y a demasiada velocidad ignoró el paso de peatones y la golpeo lanzándola a varios metros de distancia. Le habían inducido el coma para que su cerebro intentara reabsorber el fuerte coagulo interno, era pronto para saber si tendría secuelas y tendríamos que esperar a su evolución. Llamé por teléfono a mi padre, que estaba en Berlín y tras asegurarle que le mantendría informado me colgó. No iba a venir, su vida empezaba y acababa con la compañía. Tampoco es que quisiera tenerlo a mi lado ahora, era a la última persona que podría explicarle como me sentía.

El amanecer me encontró adormilado sobre la infernal silla, pero ni todo el dolor del mundo me haría sentir más miserable de lo que ya me sentía. A media mañana me informaron que la habían trasladado a planta, entré en la habitación temeroso de lo que podría encontrarme. Entubada, con el cráneo vendado y su rostro una parte tumefacto y el resto mortalmente pálido. Las lagrimas volvieron a mis ojos y arrodillado frente a su cama cogí su mano y recé, recé a quien sea que este ahí arriba para que se recuperase. Prometí que la cuidaría siempre, que no le causaría más dolor.

Así nos encontró Tere, arrodillado con su mano entre las mías. Me hizo levantar gentilmente y sentarme en una silla. En silencio me dio un brick de zumo que bebí por inercia. Se quedó a mi lado, acariciando mis hombros. Estuvo conmigo esos primeros días dándome su consuelo y asegurándose de que me alimentase. Fue el pilar que me sostuvo, que cuidó de mí incluso cuando yo no lo deseaba. La que en última instancia me hizo abandonar la habitación para dormir en mi casa jurándome que ella se quedaría allí.

Los días se fueron sucediendo, amorfos y grises, Tere y yo nos turnábamos para dormir en la habitación. Tenía mucho que agradecerle a esa chica, solo una vez intenté decírselo pero ella me silencio diciendo: "para que están los amigos sino es para momentos como estos".

Llevábamos allí cerca de dos semanas, mi padre seguía sin aparecer y yo le odiaba más aún por su absoluta falta de humanidad. Estaba mirando al suelo, intentando descifrar las formas bajo las caprichosas vetas del mármol cuando escuche una voz de anciana diciendo:

—¿Alejandro?

Levanté la cabeza y unos ojos cansados me miraban, unos labios cuarteados se movían sin emitir sonido alguno. ¡Estaba despierta!, había regresado conmigo y grité feliz:

—¡Estás despierta, gracias Dios mio!

La abracé con demasiado ímpetu y cuando vi su rostro contraerse suavice mi agarre y pulsé el timbre para llamar a la enfermera. Al poco apareció la enfermera que la atendió, también llegó Tere pero en este caso no entró y nos dejo solos lo que le agradecí mentalmente. Cuando la enfermera se marcho dejándonos solos la amonesté suavemente.

—¿Tienes idea de lo que me has hecho pasar?, no vuelvas a hacerlo.

—¿No es lo que querías?, no volver a verme nunca...

La culpa me golpeo duramente y solo pude decir:

—Ya sabes que solo soy un crío irresponsable que a menudo no sabe lo quiere.

—¿Y que es lo que quieres ahora?

—A ti, por favor te necesito tanto. Estos días han sido un infierno para mí: no sé vivir sin ti.

—¿Seguro que es eso lo que quieres?, después de todo lo que nos hemos dicho y hecho.

—No vale la pena vivir amargado por los errores, yo obré mal, como tú. Estos días me han demostrado que te necesito junto a mí, ¡dame una oportunidad te lo suplico!

Su mano se alzó acariciando mi mejilla y dijo:

—Eres tú el que debe darme una oportunidad, fui una estúpida, insegura y cobarde. ¿Podrás perdonarme?

Nuevamente la abracé feliz y le respondí con un dulce beso.

Varios días más tarde (en los que Tere no apareció) le dieron el alta y ya en casa y pese a sus quejas me convertí en su enfermero particular. Tere me enviaba cada día sus apuntes y yo poco a poco iba poniéndome al día hasta que Raquel estuvo lo suficientemente bien para valerse por si misma y me amenazó con desterrarme de su cama si no volvía a clase.

En clase mis compañeros al principio se preocuparon por mí pero pasada la novedad me dejaron tranquilo. Solo Tere siguió conmigo ayudándome y apoyándome en todo momento. Mi madrastra y yo volvíamos a dormir juntos y a prodigarnos besos y caricias.

Era feliz junto a ella de nuevo, me explicó que aquel día Tere la había visitado explicándole que nada más había pasado entre nosotros y cuan miserable me veía sin ella. Yo le conté también como me había apoyado y velado por ella durante su ingreso lo que no pareció sorprenderle demasiado.

Los días de nuestra nueva normalidad se iban sucediendo y Raquel pronto comenzó a ir al gimnasio para recuperar el tono muscular. El día que se sintió de nuevo preparada volvimos a hacer el amor, de una manera dulce y suave, pero muy intensa como si fuera una nueva primera vez.

Un día volvía del gimnasio y al llegar a casa me encontré en el salón a Tere y Raquel hablando animadamente. Sabía que Raquel tenía la intención de agradecerle su ayuda pero suponía que la invitaría a comer o a cenar. Al entrar mi madrastra me ordeno:

—Siéntate Alejandro, tenemos que hablar.

Solo se dirigía a mí por mi nombre para cuestiones importantes, así que me senté expectante tratando de imaginar que pintaba Tere allí.

—He tenido mucho tiempo para pensar después de mi accidente. Como sabes veía en Tere a una rival porque ella tiene tu edad y puede ofrecerte cosas que yo no puedo...

—Pero yo...

—No digas nada y dejame continuar. Tere te quiere y sé que a ti no te es indiferente... Sé que me dirás que para ti es suficiente conmigo, pero sería muy egoísta por mi parte privarte de lo que podrías tener con ella. Así que he pensado que debemos intentar estar los tres juntos.

—¿Los tres?

—Sí, Tere está conforme, ¿verdad cielo? Intentémoslo, creo que nuestros corazones son lo suficientemente grandes para acoger a más de una persona.

Raquel me cogió de la mano y me levantó de la silla, acto seguido con la otra cogió a Tere y cuando estuvimos juntos me beso dulcemente para después apartarse y unir mi cabeza con la de Tere que me beso al principio con algo de timidez hasta que animándose lo hizo con pasión. Raquel nos separo una vez más y en ese momento sorprendiéndome besó a Tere. No era la primera vez que la veía besándose con otra mujer, ¿pero con Tere? Al parecer su idea de intentarlo no era solo la de compartirme sino que quería que interactuásemos los tres.

Nos fuimos besando mientras las acariciaba sus culos, Raquel se puso frente a mí y Tere a mi espalda. Me besaba con Raquel y nos acariciábamos mientras Tere me besaba el cuello y acariciaba mi pecho. Tere me quito la camiseta y entonces Raquel se agacho para besarme el pecho. Puse a Tere a mi lado y nos besamos mientras la acariciaba su delicioso culo.

Raquel siguió bajando con sus besos hasta llegar a mi abdomen. Entonces me desabrocho y quito el pantalón. Tras besarme el paquete me quito también el bóxer y comenzó a masturbarme mientras me comía los huevos.

Gire a Tere colocándola dándome la espalda. La bese y acaricie la espalda descubierta y subí al cuello. Tere giró la cabeza y nos volvimos a besar. De vez en cuando la mordía las orejas. Metí una de mis manos por el lateral de su vestido, hasta llegar a su pecho. Comencé a acariciar sus tetitas notando como se ponían duros sus pezones.

Raquel había empezado a hacerme una mamada deliciosa. Saque la mano del vestido de Tere y acaricie sus tetitas por encima del vestido. Desate el nudo del cordón que unía los hombros y deje caer un poco el vestido hacia delante. El vestido se la quedo a la altura de sus tetas. Cogí el vestido y se lo bajé hasta la cintura dejando sus tetas al descubierto, pudiendo así acariciárselas bien, mientras nos besábamos.

Raquel se levantó y se quitó la falda, quedándose con un tanguita blanco. Arrimo bien su culo a mi erecto pene y comenzó a restregarlo por él. Con una de mis manos la rodeé de la cintura arrimándola más a mí, mientras con la otra mano volví a acariciar el culo de Tere. Bese el cuello de Raquel hasta que giro la cabeza y nos besamos. Tere entonces me besaba el cuello a mí. Nos besamos los tres mientras que Raquel mantenía dura mi polla con el roce de su culo. Baje la falda a Tere haciendo que el vestido se la cayese completamente.

Me sentaron en el sofá y ellas se colocaron de rodillas a mi lado. Nos besamos mientras las acariciaba sus culos y ellas mi polla. Se colocaron a gatas y me comieron la polla y los huevos a turnos. Yo acaricie sus deliciosos culos hasta que metí mis manos por sus tangas y las masturbe. Sus coños se ponían bien mojaditos mientras me mamaban la polla hasta que Raquel nos hizo levantar y cogiendonos a ambos por la mano nos llevo a su dormitorio. Terminamos los tres hechos un lio de cuerpos, besándonos por donde podíamos. Al final yo termine tumbado boca arriba con Raquel sentada sobre mi cara, con el coñito a la altura de mi boca y Tere empalada sobre mi polla mirándose la una a la otra. De esta forma mientras yo la comía el coño a Raquel ellas podían besarse con una pasión desmedida mientras mutuamente se sobaban las tetas, provocándose escalofríos. Con mi mano intente estimular el clítoris de Tere introduciendo dos dedos entre su cuerpo y el mío mientras me cabalgaba, lo que hacía con esto era que cuando subía hacia arriba para sacar mi pene yo sujetaba con el interior de mis dedos índice y corazón, haciendo como si fuesen una tijera, su clítoris un pelín, lo justo para que notara un tironcito al subir hacia arriba. Cada tironcito era un gemido y un estremecimiento por parte de Tere, y posteriormente de Raquel cuando cambiaron de posición.

Bueno debo decir que se corrieron las dos como animales, cuando se desplomaron casi me aplastan, Raquel cayó sobre mi cabeza dejándome sin respiración y para ayudarla y Tere se derrumbo sobre Raquel, las dos se quedaron como muertas con todo su peso sobre mí, las pase de aúpa para poder apartarlas lo justo y tomar aire. Cuando se recuperaron un poco cambiamos de posición y Tere paso a mi boca y Raquel a mi polla. El resultado fue el mismo, otra vez que casi me matan al derrumbarse sobre mi después de sus orgasmos, solo que esta vez tuve la habilidad de mover la cabeza antes de que colapsaran, la moví lo justo como para poder al menos respirar. No pude evitar en lo que pensé esa noche, que hoy eran capaces de matarme a polvos como las cucarachas.

Después de esto como no me había corrido decidieron entre las dos que me harían una mamada a dúo. La verdad es que no dure ni medio minuto, fue el ver a las dos chupando, disputándose mi polla, juntar sus lenguas sobre mi prepucio, jugar con ellas enroscándose y besarse las dos con mi polla en medio, fue ver todo eso y soltar toda la carga que llevaba acumulada en mis huevos. Las puse a las dos perdidas. Decidieron que por esa vez era suficiente, que el plato fuerte seria al día siguiente, aunque si por mi hubiera sido hubiésemos seguido. Por lo menos pude dormir con las dos, una a cada lado abrazándome, puedo decir que me sentí como todo un hombretón.

A la mañana siguiente Raquel nos despertó para desayunar y así lo hicimos por primera vez aquel sábado, entre muestras de cariño por parte de los tres. Me sentía el rey del mundo al tener junto a mí aquellas dos diosas que se complementaban, en todo este tiempo Tere se había ganado un sitio en mi corazón por su cariño incondicional. No podía asegurar aún si estaba enamorado de ella aunque tenía la sensación que pronto lo estaría. Me sentía feliz de ver como ambas se complementaban. Tras el desayuno todos teníamos ganas de fiesta así que volvimos a la cama. Allí Raquel se puso con la espalda apoyada en el cabecero con las piernas abiertas, mientras que Tere se ponía de rodillas con el culito en pompa y la cabeza entre sus piernas, empezando a comerle el coñito e introducirle dos dedos follándola con movimientos rápidos. Yo me situé detrás de Tere y empecé a hacerle lo mismo que ella le estaba haciendo a Raquel. Empecé por pasar la lengua por toda su rajita para luego detenerme en su clítoris, mientras dos de mis dedos se introducían lentamente en su rajita entre sus gemidos y contracciones de su vagina. Parecía que estaba a punto de reventar, cuando acaricie con un dedo de mi otra mano su culito punteándolo un pelín se corrió, se fue contra Raquel introduciéndola tres dedos de golpe hasta el fondo de su sexo, creo que eso provoco que se corriera también en ese momento. A continuación repetimos la operación pero con posiciones inversas, Tere con la espalda contra el cabecero y Raquel dándome a mí su culito en pompa repitiendo la actuación anterior casi punto por punto.

Lo siguiente fue tumbarme yo en la cama con mi herramienta más tiesa de lo que nunca la había visto y Tere subirse encima mío empalándose. Permaneció tumbada encima con mi miembro en su interior unos minutos para acostumbrarse a ello, o por lo menos eso fue lo que yo pensé hasta que vi que Raquel se ponía a su espalda y empezaba a comerle el culito. Tere soltó un intenso gemido que ahogo en mi boca, empecé a darle a Tere con saña, lo que unido a que Raquel le estaba haciendo en el culo provoco que Tere se corriera como una burra en poco tiempo. Raquel se detuvo al sentir el orgasmo de Tere, entonces le ordene que siguiera hasta que nos corriéramos nosotros ambos. En ese momento mis embestidas fueron todavía más feroces que antes, los gemidos de Tere eran escandalosos cuando continuamos dándola, esta situación parecía que las tenía como poseídas a las dos, Tere volvió a correrse y yo eyacule un poco despúes dentro de Tere.

Comentamos la jugada mientras descansábamos y Raquel nos pidió que lo hiciéramos igual que con Tere, que quería sentir lo mismo que ella. Después de recuperarnos intercambiamos posiciones, yo seguí debajo evidentemente, Raquel se empalo en mi una vez que mi soldadito se recupero y Tere se coloco detrás para comerle el culo. La primera corrida de Raquel fue bestial, pero esta vez no hubo bajón, tanto Tere como yo aumentamos el ritmo sobre Raquel que no paraba de gemir con cada una de mis embestidas. Esta segunda vez nos corrimos los dos casi al mismo tiempo, Raquel quedo como Tere antes, completamente derrengada sobre mí.

A partir de aquel momento y para el resto del mundo Tere y yo eramos novios. La noticia causo algo de revuelo en el instituto, muchos no comprendían como la princesa se había quedado con el vagabundo y tuvimos que soportar numerosas burlas hasta que viendo que no nos bajabamos del burro tuvieron que acostumbrarse.

Al llegar el verano Raquel decidió que nos merecíamos una luna de miel en condiciones así que alquiló un bonito chalet en Menorca para pasar juntos una quincena.

A los padres de Tere al principio no les hacía mucha gracia pero mi madrastra uso sus dotes de persuasión con ellos asegurándoles que no nos dejaría ni a sol ni a sombra..., ¡si ellos supieran!

Bucee por Internet y vi que estaba en la zona del Migjorn una pequeña población, supuse que al ser verano y costa estaría animado el lugar y lo que me llamo la atención fue que había una playa naturista o nudista bastante importante y no pude evitar excitarme con las situaciones que se podían dar, en caso de que fuéramos a una playa de esas.

Nos fuimos el primer viernes del mes de julio y entre el avión y el coche de alquiler llegamos por la noche. Estuvimos hablando durante todo el camino, estaba claro que las mujeres estaban más ilusionadas que yo, que estaba feliz solo de tenerlas conmigo. Tere parecía que quería decir algo, pero no sabía cómo, hasta que se animó con la ayuda de Raquel y nos contó que nunca había ido a una playa nudista y que le hacía ilusión, pero que no si yo no quería no era obligatorio que lo hiciera ni que lo tuviera que practicar. Quite importancia a lo que decía, dándole naturalidad y respiro aliviada. Pero yo no pude evitar excitarme pensando en ver a mis mujeres desnudas en la playa.

El apartamento era grande, con una esplendida terraza con piscina que daba al mar. Tenía tres habitaciones con cama de matrimonio y una de ellas enorme de 2x2m, eso nos chocó a Tere y a mí, Raquel riendo dijo que así podríamos jugar y dormir juntos los tres.

Deshicimos las maletas, ahora teníamos que ir a cenar y entonces me echaron de la habitación principal con la excusa de que ellas debían vestirse. Me pareció ridículo pues todos nos habíamos visto en pelotas pero no quise empezar las vacaciones discutiendo así que me metí en otro cuarto y me puse unas frescas bermudas, una camiseta y sandalias. Como imaginaba tuve que esperarlas en el recibidor a que terminasen pero la espera valió la pena. Ambas llevaban sencillos vestidos cortos veraniegos. Mi madrastra uno verde claro y Tere uno azul, ambas con sandalias de tacón que estilizaban sus preciosas piernas, pero aún me aguardaba una sorpresa, ambas se levantaron la falda dejando sus coñitos al aire, ¡iban sin bragas! El rabo se me puso duro y cuando me acerque se bajaron las faldas y mi madrastra dijo:

—¡Quieto fiera!, el postre es para el final. Portate bien con nosotras esta noche y podrás catar nuestros coñitos.

Obedecí a regañadientes, fuimos en coche a cenar a un mesón que le habían recomendado a Raquel especialista en marisco. Cenamos una parrillada mixta regada con Albariño del que haciendo una excepción Tere y yo pudimos beber una copa. Ni que decir que durante la cena todo fueron bromas de doble sentido hacía mi a cuenta del marisco, pensar que iban sin bragas y sus expresiones de placer cuando devoraban aquellas delicatessen casi me provocan un infarto. Después en vez de volver a casa a follar hasta caer rendidos quisieron ir a una discoteca en Ciutadella.

Entrar no supuso ningún problema acompañado de semejantes bellezas que me enviaron a buscar las bebidas mientras ellas se iban a bailar a la pista. Cuando conseguí que me las sirvieran y fui a buscarlas a la pista al principio no las vi, solo cuando me fije en un circulo de tíos tuve una intuición y así fue. En el centro ellas estaban bailando muy juntas, piel con piel en una danza lubrica que ponía cachondo a todo el personal masculino. Como pude me acerque y les entregué las copas y en vez bailar conmigo me largaron, ¡increíble!, empezaba a estar más que mosqueado. Pensé en buscarme una puta para demostrarles que yo también sabía divertirme y sino lo hice es porque una vocecita en mi cerebro me decía que aquello era una especie de prueba para mí: así de retorcidas son a veces las mujeres. El caso es que me arme de paciencia y las esperé en la barra, cuando casi media hora más tarde aparecieron enrojecidas por el ejercicio ambas sonrieron al verme solito, se acercaron y Raquel dijo en voz suficientemente alta para que los tres lo escucháramos:

—¡Ves como te dije que nos podíamos fiar de nuestro nene! Aquí estaba esperándonos y no se ha largado con ninguna lagarta a pesar que ganas no le faltaban, ¿no es así?

—¡Joder es que os habéis pasado conmigo! —admití enfurruñado.

Tere se acerco y me plantó un morreo para después separarse y decir:

—Comprendelo cariño, queríamos ponerte a prueba para asegurarnos que no nos fallas a las primeras de cambio.

Raquel añadió:

—Así es y como te has portado bien vamonos a casa que es hora que disfrutemos del postre.

Así que nos volvimos a casa, ellas dos delante y yo detrás para que me esperase hasta casa.

Al llegar nos fuimos desnudando de camino a la habitación y acercándose a mí Raquel dijo:

—Ahora tenemos hambre de ti cariño y no nos dormiremos hasta saciarnos, ¿verdad que sí Tere?

Esta asintió y nos miro con los ojos llenos de lujuria.

Raquel me empujo suavemente y me sentó en una silla, se sentó a horcajadas sobre mí, agarro mi cara y me beso dejándome sentir su lengua en mi boca, mis manos se aferraron a su precioso culo y toque su rajita empapada, esperando mis caricias, sus caderas se movían lascivamente sobre mi polla que a esas alturas deseaba entrar en su interior.

—Ufff, Por favor mami, métetela que no aguanto más, me duele la polla de estar duro toda la noche.

Raquel me beso se levantó y se dejó caer poco a poco empalándose con su dulce coño, Tere entonces se acerco y poniéndonos sus tetas en la cara nos invitó a comerlas, mientras Raquel aullaba:

—¡Nunca me cansaré de tenerla en mi interior!

Mientras Raquel se follaba con mi polla yo me comía las tetas de Tere y mi mano derecha acariciaba su coño lleno de flujos. Estaba por venirme cuando Raquel bajo una mano a mis cojones y me los apretó cortando mi corrida y me quejé:

—¡¡Ayyy!!, ¿Se puede saber a que coño ha venido esto?

—Hoy tienes que satisfacernos a las dos cielo, no puedes correrte tan rápido.

—¡joder, pues avisa pero no me lo vuelvas a hacer!

—Perdona nene, ahora mami te mimara.

Empezó a mover sus caderas rotándolas ademas de subir y bajar con lo que el placer pronto me hizo olvidar el dolor. Raquel que no había perdido el ritmo pronto se corrió dándome un tremendo bocado sobre mi hombro. Después se desmonto y Tere ocupo su lugar y me monto con fuerza, como una autentica amazona mientras Raquel nos miraba desde la cama. Esta vez al no crujirme las bolas pude correrme finalmente en el estrecho coñito de Tere mientras esta alcanzaba un espectacular orgasmo. Cuando recuperamos las fuerzas ambos nos arrastramos hasta la cama, quedando yo en medio de mis dos hembras. Estuvimos así charlando, acariciándonos y dándonos besitos hasta que Tere bajo su cabeza hasta mi polla, acercó sus labios y me dio besitos por la puntita, me miro con una cara de puta que me subyugo y se metió todo lo que pudo en su boquita, la visión era turbadora, sus manos pajeándome a la vez que me la mamaba y me miraba con lujuria en los ojos, el placer que me estaba haciendo sentir era increíble. Agarre su cabecita y fui yo quien empezó a follarme su boquita, ella con sus manos me limitaba para que no la ahogase, aun así se oía el gorgoteo de mi polla haciendo tope en su garganta y bañando de babas mi polla, sus ojos estaban llorosos, pero me miraba con placer, estuvo así varios minutos y empecé a notar mi orgasmo creciendo en mis huevos.

—Tere, me voy a correr, cielo no aguanto mucho más…joder que bien la chupas.

Entonces Tere me la soltó y montándose sobre mí se la volvió a clavar hasta los huevos diciendo:

—¡Ahhhh!, Síiiii, esto es delicioso, como me gusta que me folles mi amor.

Raquel entonces montó mi cara con su coño quedando cara a cara con Tere y me dijo:

Vamos nene, comete mi coñito y mi culito, Prepáramelo para tu polla.

Obediente empecé a comérselo como sabia que le gustaba en círculos de fuera adentro alternado punteos con mi lengua en su vagina para después meterle dos dedos y follárselo con ellos mientras mi lengua se follaba su culito dilatando su esfínter para mi rabo. Mientras Tere se follaba por los movimientos de ambas supuse que se daban lengua y frotaban sus tetas. Yo estaba concentrado en los agujeros de mi madrastra que disfrutaba con mis dedos y lengua hasta que le arranque un fuerte orgasmo que la hizo echarse a un lado entonces aferré las tetas de Tere y se las sobe mientras nos comíamos la boca y nos follábamos hasta que Tere se corrió y se salió volviéndome a dejar a medias.

Un poco mosqueado decidí tomar la iniciativa y aprovechando que mi madrastra estaba de espaldas alcé su culo y de una certera estocada se la clave hasta la empuñadura diciendo:

—¿Era esto lo que queríais, que perdiera el control?, pues bien lo habéis conseguido ahora te voy a dar por culo hasta llenártelo de leche.

—¡Ayyy!, pero que brutote se ha puesto nuestro nene, síiii, jódeme bien, me encanta sentirte tan duro en mi culito. ¡Llenámelo de leche!

No me hice de rogar e inicie una follada salvaje con duros golpes de cadera mientras Tere nos contemplaba asombrada, Raquel se giró para mirarla y dijo:

—Tienes que probar a nuestro hombre en tu culito, te va a encantar.

Puse una mano sobre su clítoris para excitarla mas mientras sentía como mi rabo ensanchaba las paredes de su recto hasta mi explosión final, me clave todo lo profundo que pude en su culazo y empecé a soltar leche en su recto mientras Raquel inundaba mi mano con un orgasmo que la dejó desmadejada. Yo caí sobre ella y así estuve varios minutos antes de reunir fuerzas suficientes para descabalgarla. Momento en que Tere se puso a besarme apasionadamente, me comía la boca con ganas mordiéndome los labios hasta decirme:

—Yo también te quiero en mi culo, pero se suave por favor, sabes que soy virgen por ahí.

Tere me iba a regalar la virginidad de su culo, me sentí honrado por tal honor, me quede mirándola impresionado, su belleza, su juventud y su dulzura, quise grabar en mi cerebro esa imagen, que no se borrase nunca.

Me tumbe encima de ella y me abrazo con fuerza, busco mi boca y nos besamos con desesperación, quería saborearla primero, la mire con cariño y fui bajando, besando su cuerpo, me recree en sus tetas, esas preciosas tetas que agradecían mis cuidados, los gemidos no tardaron en salir de su garganta, me agarraba la cabeza y empujaba hacia abajo, me doblegué a sus deseos y baje lamiendo su ombliguito y acomodándome entre sus piernas me inunde de su olor y su sabor, lamí chupe y me recree en ese santuario que Tere me ofrecía, la follaba con mi lengua, intentando llegar lo más hondo que podía, luego subía y atrapaba su clítoris con mis labios haciendo que se retorciera de placer.

—Joder, que comida de coño más buena, ahhhhhh, así mi vida, dame lengua que me tienes a punto, mmmmm… asiiiiii, joder…joder.

Arqueo su espalda, vi como su pecho se hinchaba y gritando estallo en un orgasmo que hizo que sus pulmones se vaciaran, cogió aire de nuevo y empezó a respirar como si la faltase el aire.

—Ahhhhh, ahhhhhh, dios que gusto…ufff, pero sigo queriéndote dentro de mí.

—Tus deseos son órdenes para mi cariño, la dije con la polla como una barra de acero.

Fui subiendo y besando nuevamente su cuerpo, no me demore mucho, y le clave sin compasión la polla en su estrecho coñito.

—Ahhhhhh!! Que cabrón, por Dios, siiiiiiii, que gustooooooo.

Empecé a bombearla con furia, a Tere le iba la caña, el que la follasen duramente, empezó a gritar, estaba fuera de sí, empezó a correrse y gritar, sus caderas se movían rápido buscando más placer.

—Así, así…mas…maaaaaasssssss, rómpeme, destrózame, follameeeee, pero no pares por lo que más quieraaaasssss.

Veía como estaba en trance, los ojos en blanco, la respiración agitada y sus pulsaciones disparadas, mi polla entraba totalmente en su coñito, no dejaba nada fuera, me parecía increíble, me tenía atrapado con sus piernas por la cintura y cuando no había más polla para meter ella hacia fuerza queriendo más, pare y la dije que se diese la vuelta, me miro con esa cara de putón que me ponía a 100, dejo su culo y su chochito a mi merced, le clave la polla hasta que mis huevos chocaron con su clítoris y dio un grito ronco.

—¡Que gusto, no pares de follarme!

Empecé a bombear otra vez con saña, mis manos apoyadas en sus riñones hacia que hundiese su cuerpo arqueando su espalda en una sensual pose, desde esa posición vi el anito, abierto, precioso, chupe mi dedo gordo y se lo introduje en su culo, ella gimió más fuerte y me miro con lujuria.

—¿Te gustaría follarme el culito?, dijo Tere con cara de vicio.

—Joder que sí, la dije excitado, me encantaría.

No sé de donde, sacó un bote de lubricante y me lo dio. Yo no paraba de follarla por el coño.

—Pues lubrícalo bien y fóllame el culito mi amor, Raquel me lo ha preparado para ti.

Joder como me ponía oírla hablar así, era como meterme Viagra en vena, lubrique bien su culito sin dejar de follarla, Tere bufaba de placer, saque mi polla de su cálido coñito, brillante empapada en sus jugos, y la apunte a su esfínter, cuando vi mi tamaño y donde la quería meter lo primero que pensé es que no iba a entrar y la iba a destrozar, puse mi glande pegado a su esfínter, hice algo de presión y milagrosamente entro sin problema, la sensación era indescriptible, era su primera vez y no tenía palabras para decir lo que sentía, empuje un poco más y prácticamente se coló hasta la mitad, Lourdes no se quejaba y eso me sorprendía.

—Ummmm, mi vida, ¿ha entrado toda? Estoy a punto de correrme.

—Todavía no, queda un poco más de la mitad, le dije sorprendido.

Tere hizo algo que me dejo boquiabierto, fue ella la que echando su culo hacia mí, se enterró toda mi polla en su culito.

—Ahhhhhh…siiiiiiii, joder, joder, siiiiiiiiii.

Las contracciones de su esfínter me indicaron que se estaba corriendo de nuevo, era increíble la facilidad de esta chica para alcanzar sus orgasmos. Yo estaba que no aguantaba más, solo el hecho de ver como mi polla estaba enterrada en el culito de Tere era de lo más morboso que me podía imaginar, la avise que no aguantaba mucho más, pero creo que ella no me oyó, estaba en su mundo, empecé a follarla el culo violentamente, intentando alcanzar mi orgasmo y no tardó en llegar junto a otro suyo, los dos gritamos al unísono y nos corrimos como animales, el orgasmo de Tere fue violento porque no paraba de convulsionarse, yo no paraba de inundar sus intestinos con mi simiente, fue una corrida brutal, deseaba abrazarla besarla y fundirme con ella, joder como quería a esta chica, ninguna mujer me había hecho sentir así, tardamos más de diez minutos en serenarnos y bajar el ritmo de nuestra respiración, me había salido del interior de Tere y estaba tumbado frente a ella, nos mirábamos sin decirnos nada, pero en mi cabeza había preguntas.

—Solo te puedo decir que ha sido increíble, dije a Tere.

—Gracias mi vida, para mí también, eres un animal en la cama, me estás haciendo sentir lo que nunca he sentido.

—Tere, ¿Si nunca había entrado nadie por detrás, como ha sido tan fácil?

—Jajaja, lo bueno de tener una "amiga especial". Antes de venir mami me estuvo preparando el culito para ti, la víspera de nuestra partida consiguió meterme un dildo más o menos de tu grosor, me encanto la sensación, y estaba deseando sentir tu polla en mi interior.

—Me encanta lo viciosas que sois.

Nos besamos los tres con pasión, estábamos empapados en sudor, me levante les di la mano y nos metimos en la ducha, fue inevitable volvernos a excitar acariciando nuestros cuerpos, mi polla se puso mirando al techo, amoratada, Raquel estaba muy receptiva, así de pie como estábamos, agarraré una pierna suya con mi brazo, ella se agarró de mi cuello y la penetre, con la mano que me quedaba libre agarre una nalga suya mientras me la follaba salvajemente, estuvimos cerca de veinte minutos follando como animales, nos comíamos la boca con desesperación, Raquel alcanzo dos orgasmos más y al final me corrí abundantemente en su interior.

—Ufff, nene, necesito parar, necesito descansar, nos tienes agotadas, joder, te has corrido en todos nuestros agujeritos, eres una maravilla, y luego nos llamas a nosotras viciosas.

Nos besamos con desesperación, queríamos fundirnos en uno solo, Las mire detenidamente, estaban radiantes y satisfechas.

—Vamos a dormir nene, es tarde.

Nos secamos y juntos los tres nos pusimos en la cama a dormir como angelitos.

Me levante el primero, había dormido como un bebé con mis dos mujeres, dormidas como estaban pensé que no agradecerían que las despertara follandolas así que me levanté a desayunar más empalmado que un caballo a pesar de la caña nocturna pero alguna ventaja tiene que tener ser un crío de quince.

Desayune yo solo y lo hice en la terraza, sobre las once mis mujeres se levantaron y vinieron a la terraza para desayunar. Mientras desayunaban Raquel nos dijo que iríamos a la playa naturista, pero que no era necesario que nos desnudásemos y que, si nos sentíamos mal en ella, lo dijéramos y nos iríamos a la zona textil.

Yo fui cargado con sombrilla, nevera y bolsas mientras ellas iban como reinas hablando delante de mí. Fue lo peor que podía pasarme, porque iba viendo sus culos moverse y eso no iba bien para mi mente disparatada.

Colocamos todo y la primera en quedarse en pelotas fue Raquel. Luego se desnudó Tere, quitándose la camiseta y después la parte de arriba del bikini. Luego se quitó la parte de abajo y fue demasiado para mí que me desnude corriendo y me tumbe boca abajo porque me empalme de golpe. Allí a plena luz del día sus coñitos depilados, sus tetas y sus culos eran una visión tremendamente morbosa para mí.

No era nada anormal, porque todos los que nos rodeaban o la gran mayoría estaban igual. Me hice el dormido y las nenas se quedaron un rato hablando y dándose crema, cuando sentí que el sol me quemaba me fui al agua y mis nenas me acompañaron. En el agua estuvimos hablando.

—No estés tan cortado nene, que la primera vez suele pasar eso, que te de corte. Que te puedas hasta empalmar, es normal así que si te ocurre, no le des importancia, que eso es que estás vivo sano, jajaja —dijo Raquel.

—Es verdad es como si me hubiera dado "vergüenza" es como si faltara algo de hombría, porque te comparen, ¿me entiendes?

—Claro que te entiendo, a las mujeres también nos pasa. Pero fíjate, no tienes porque estar avergonzado, ya quisiera muchos tener un rabo como el tuyo solo con quince o crees que solo nos miran a nosotras, pocas habrán visto así.

—No será para tanto... —dije algo avergonzado por el halago de mi madrastra.

—¿Qué no? Porque estás con nosotras, pero si bajas a la playa algún día solo, ya verás cómo ligas..., aunque después Tere y yo igual te la cortamos...

Mis mujeres eran muy posesivas y mentiría si dijese que eso no me gustaba.

—Ahora cuando salgas actúa con normalidad. Si te empalmas, o pasas y te da igual o te tumbas boca abajo, nadie se va a escandalizar, aquí es más normal de lo que crees.

Raquel y Tere salieron enseguida, yo aproveche para nadar un rato y después una pareja sobre los 35 años entabló en el agua conversación conmigo. Eran franceses y no conocían donde salir por la noche, les dije que yo estaba igual. Que de momento no conocía el lugar. No vi nada anormal, aunque el tiempo me mostraría lo lerdo que fui en ese momento.

Al salir del agua, me preguntaron muy hábilmente por la conversación con la pareja y después de responderles, Raquel y Tere intercambiaron una sonrisa. Una vez estaba casi seco, me di cuenta de que mi rabo, cobraba vida propia y sin prisas me di la vuelta y me quedé boca abajo.

A las dos regresamos al apartamento, después de ducharnos fuimos a comer y yo me fui a hacer una siesta mientras mis mujeres tomaban el sol en las tumbonas, dos horas más tarde me levante completamente recuperado y bajé a la piscina donde Tere aún dormía boca abajo pero Raquel estaba sentada y despierta boca arriba con todo su cuerpo levemente enrojecido por el sol, me acerqué a su cara con mi rabo duro y ella con una sonrisa me cogió el rabo suavemente y se puso a hacerme una paja, hasta que se lo puso en la boca, dándole suaves besitos, lo que hizo que me despejara del todo. Ahora ya estaba haciendo una mamada en condiciones, colosal y que me derretía. Lo malo es que me había quedado tan en blanco, que no había sabido controlarme y estaba para correrme. Tenía que evitarlo, no quería que una vez que me corriera, se acabara la fiesta así que suavemente separé su cabeza para que parara. La hice darse la vuelta apoyándose en la tumbona, me apreté contra ella, quedando mi rabo justo encajado en la raja de su culo. Agarraba sus tetas, sus duros pezones y fui bajando mi mano hasta su coño, encontrando un duro clítoris, que al rozarlo ella gimió con pasión. No sabía si estaba preparado para meterle mi rabo y me daba "miedo" correrme en el mismo momento que se lo metiera. No había más vueltas que dar, hice que se sujetara bien y ella alzo su culo, agarre mi rabo y lo lleve hasta su coño, empujando lentamente y disfrutando del placer de notar como entraba. No nos decíamos nada como si fuera un polvo furtivo, solo nos oíamos respirar. Y me puso tremendamente excitado cuando Raquel me dijo:

—¿A qué esperas?

Empecé a penetrarla con más ritmo y con más "violencia" al empezar Raquel a gemir, provocaba en mi más excitación, era muy excitante oírla, eran unos gemidos intensos, pero suaves, no como los de las películas porno. Se entrecortaba lo que decía, que no se le entendía, pero me daba igual me ponía muy cachondo. Lo que, si lograba entender entre esas frases, era que me pedía más y más. Mis empujones eran ya tan fuertes, que teníamos que tener cuidado, para no resbalar y para no empotrarla a ella contra el suelo.

La bombeaba rápido y duro, contra más lo hacía, más gemía ella, que sus gemidos empezaron ya a ser como "chillidos" muy fogosos. Dijo de irnos fuera que al final nos haríamos daño. En la cama el ritmo de penetración era mejor y se notaba que ella lo disfrutaba más. Me decía que no me parara, que quería correrse otra vez y no me había enterado cuando se había corrido la primera vez.

Las penetraciones eran rápidas y profundas, hasta notar como mi pelvis golpeaba su culo de forma "violenta" y ella lo recibía con sumo placer. No me podía aguantar más y ella me decía:

—Vamos mi nene, echamelo todo, lléname, llena a tu mami.

Eso hizo que me corriera sin poder evitarlo y justo empezar a correrme y esta vez sí oí como se corría ella, quedándonos los dos rendidos. Raquel me dijo que me quitara de encima, que necesitaba un poco de aire.

Entonces se presento Tere y falsamente enfurruñada pregunto:

—¿Ya me estáis dejando aparte?

Empecé un nuevo ataque sobre mi otra mujer que alabó lo que rápido me había recuperado y le dije:

—Vamos putita cómeme el rabo que lo haces muy bien —protesto un poco y le añadí—, eres la mejor puta comiéndome el rabo, ninguna me lo ha hecho como tú.

Esto le debió de gustar porque no protesto más y se fue a comerme el rabo. Lo hacía mirándome, una mirada con una intensidad, que me hacía retorcerme de gusto. Tuve que pararla para no correrme, Tere se tumbo boca abajo, me puse detrás y sin llegar a tumbarme sobre ella, puse mi rabo en la entrada de su coño. Estaba tan empapada que no tendría ningún problema en follarla. Mientras íbamos cogiendo el ritmo, ya que empecé suave, Tere me pedía que empujara hasta el tope. Sacaba casi todo el rabo y se lo volvía a meter hasta que nos tocábamos. Tere apretó su cara contra la cama y se corrió con mucho ímpetu, retorciéndose para todos los lados y poco después yo me tense y vacié mi semilla en su fértil coño.

Aquella tarde no hicimos nada más salvo descansar. El resto de las vacaciones fueron igualmente placenteras, mar o piscina y mucho folleteo una luna de miel ideal en la que los tres nos acoplamos a la perfección.

CAPÍTULO 10

La muerte del viejo nos pilló a todos por sorpresa, acababa de cumplir los dieciocho, cumpleaños al que obviamente no asistió. Había sufrido un ictus creo que en Suiza, fue fulminante y dos días más tarde nos entregaron su cuerpo para las exequias, su funeral fue todo un acontecimiento en las altas esferas. Las acciones de la compañía se desplomaron entre rumores sobre su sucesión. Raquel demostró su capacidad organizativa encargándose de todo, acordamos que yo jugaría el papel de heredero ingenuo hasta que las serpientes del consejo de administración asomaran la cabeza para que las decapitara. Aparentemente Raquel era mi albacea, la que tendría que dirigir nuestro paquete accionarial, eramos los accionistas mayoritarios pero solo controlábamos un treinta por ciento de la sociedad. Mi progenitor había sido nefasto como padre pero un buen presidente, de estilo clásico con sus luces y sombras los accionistas sabían que siempre obraba lo que consideraba mejor para la compañía en el largo plazo a diferencia de tantos presidentes que se obsesionaban con el corto plazo para ver engordar sus bonus. Él tenía el apoyo del resto de los socios importantes pero a su muerte habría que ver a quien apoyarían, sería difícil que apoyaran a un crío como yo. La cabeza visible de la facción que deseaba hacerse con el poder era el vicepresidente Víctor Latierra. Latierra llevaba una década como segundo de mi padre y a sus cuarenta era un ejecutivo respetado. Latierra era bueno pero muy presuntuoso, se creía con el derecho de heredar todas las posesiones de mi padre, incluida Raquel. Al principio vino frecuentemente a nuestra casa con la excusa de ayudarle con los trámites, para después empezar a venir un par de veces por semana para ponerla al día sobre el estado de la compañía. A mí me saludaba con deferencia como si fuera una especie de niño tonto. Aquella serpiente tramaba algo pero no nos lo iba a contar sin más, teníamos que tenderle una trampa y teníamos que hacerlo muy bien o perderíamos el control de la compañía. Raquel empezó a dejarse querer por Víctor, saliendo a cenar con ella y llevándola a fiestas, también se la llevó a la cama, habíamos debatido largamente esto pero al final las chicas me hicieron ver que era esencial que aquel cabrón se sintiera el vencedor y soltara la lengua como así fue. Una noche en un hotel mientras Raquel le hacía una mamada le confeso que había convencido a un grupo de directivos para presionar a la baja con sus paquetes accionariales y sus stock options incluso con sendas pólizas de crédito. Solo así se entendía la gran caída de nuestra compañía (cerca de un treinta por ciento) con el escaso paquete de acciones que circulaba en el mercado. Latierra iba a presionar al resto de socios en la próxima junta prometiendo la recuperación del valor de las acciones cosa que conseguirían deshaciendo sus posiciones bajistas con pingües beneficios. Una vez supimos esto comenzamos a trazar nuestra estrategia en la que el timing era esencial. Faltaban dos semanas para la junta y la verdad es que necesitábamos cada uno de los días. De la forma más discreta y rápida posible teníamos que obtener la máxima liquidez así que liquide todas mis posiciones salvo las acciones de la compañía, hipotequé los inmuebles y con esa liquidez en varios bancos como aval solicite pólizas de crédito. La víspera de la reunión disponía así de 20 millones de Euros, aunque solo durante cinco días o todo se vendría a pique al no poder hacer frente a los pagos por los créditos. Desde ese momento y aprovechando los diferentes usos horarios empecé a vender derivados Put y comprar de tipo Call sobre la compañía. Mientras a su vez iniciaba una compra masiva de las acciones en circulación para drenar la liquidez. También empecé a comprar futuros hasta que el día de la junta cuando abrió la bolsa española las acciones solo perdían un 20% del valor. A las doce de la mañana la hora de la reunión nos presentamos los tres ya que en calidad de accionista tenía el derecho. La reunión la presidia un Latierra algo nervioso junto con sus amigos, a su espalda un gran monitor reflejaba la cotización en tiempo real. Antes de entrar ordene la ultima transacción: dos millones en derivados que representaban más de treinta en nominal. Un golpe que supondría copar el mercado de derivados sobre el subyacente de la compañía. Para que todos nos entendamos había segado la hierba bajo los pies de los bajistas que al vender acciones al descubierto (sin tenerlas) se encontraban con que no podían recomprarlas al no estar disponibles y sus broker empezarían a ejecutar las garantías y dejarlos sin blanca.

Latierra comenzó la reunión:

—El punto principal de esta reunión es estudiar que medidas debemos implementar para frenar la sangría en el valor de la compañía, que como pueden ver a mi espalda pierde un ¿10% del valor?, ¿cómo es posible si esta mañana perdía un 20%?

Latierra, palideció al igual que otros tantos directivos que empezaron a consultar sus móviles preocupados. Ahora ya sabía quienes eran las serpientes, solo faltaba descabezarlas. Los móviles de parte de los directivos empezaron a sonar con mensajes entrantes, el valor subió en cinco minutos hasta el 10% sobre su valor antes de la muerte del viejo lo que señalé para molestia de algunos.

—Yo creo que simplemente los inversores se han dado cuenta de que la compañía sigue bien dirigida y tras el susto inicial vuelven. ¿No es así vicepresidente Latierra?

—Sí..., supongo que si, claro y es por eso que resulta necesario que...

Volví a interrumpirle cuando tras ganar un 10% adicional la cotización en la bolsa española se suspendió.

—¿No cree usted que si algún directivo se hubiese posicionado a la baja a la muerte de mi padre no sería ético mantenerlo en el cargo?

Sabía que era algo que la normativa interna de la compañía prohibía por puro sentido común.

Latierra se toco el nudo de la corbata como si buscara aire antes de responder:

—Claro, claro, los estatutos de la compañía así lo recogen...

La pantalla de cotización a falta del valor en bolsa, reflejo la opción por defecto: el valor del futuro con lo que la cotización reflejo el doble. El pitido de los móviles de los disidentes se convirtió en un estruendo y excepto Latierra salieron en desbandada para intentar detener la sangría de sus pedidas. Latierra apagó su móvil y en una huida desesperada hacía delante dijo:

—¡El valor de nuestra compañía se mueve sin control!, debemos nombrar a un presidente, alguien que de estabilidad y confianza a los mercados. Yo propongo mi candidatura y sino hay nadie más...

—Creo que yo también me presentaré.

Dije haciendo que todas las cabezas se giraran para mirarme con incredulidad y que Latierra graznara.

—¡Pero si tú aún eres un niño!, tú padre fue un gran presidente, insultas su memoria al presentarte al cargo, tal vez dentro de veinte años...

—Me presento ahora, no hay ninguna clausula que me lo impida. ¿no es así?

—No...

—¡Bien, entonces votemos!

Ni que decir que Latierra obtuvo una abrumadora mayoría, sus compinches vieron en la elección la posibilidad de salvarse y la mayoría de los otros apoyaron al que parecía un líder solvente. Total: catorce a tres. Un Latierra más tranquilo dijo entonces:

—En vista de los resultados de la votación les agradezco su...

—Deseo poner una reclamación —dije seguro.

Latierra perdió los estribos y grito:

—¡Maldito crío, quieres callarte de una puta vez y dejar hablar a los mayores!

—La votación no es valida porque uno de los candidatos había incumplido el código ético de la compañía.

Latierra abandono su sitio y vino directo hacía mí con los ojos inyectados en sangre. Me alzó un palmo del suelo y me zarandeo hasta que dos guardias de seguridad avisados por Raquel le sujetaron los brazos. Cogí su móvil del bolsillo y le pregunté:

—¿El pin por favor?

—¡Vete a la mierda! —Entonces pareció entenderlo y dijo:—¡Has sido tu cabronazo!, ¿pero cómo?, ¡y tu puta le avisaste! Me vengaré, lo juro.

—Puedes jurar lo que quieras, te vas a pasar muchos años a la sombra por administración desleal.

La cotización de los futuros subió a un 500%, superando el pico histórico de Volkswagen en octubre de 2008..., y entonces empezó a perder fuelle. Mis ordenes de venta de futuros se fueron disparando suavemente para no invertir la tendencia. Mientras en la junta una asombrada directiva asistía al nombramiento previa descalificación del otro candidato del CEO más joven del Ibex.

Solo me felicitaron los dos viejos amigos de mi padre, uno de ellos me dijo:

—Tienes sus ojos muchacho, esa determinación que lo caracterizó siempre.

Tal vez tuviera sus ojos pero no era como él, para mí lo primero era la familia así que fiche a una serie de asesores de prestigio como consejo personal lo que atenuó el rechazo que mi nombramiento produjo en círculos financieros y que sino produjeron una caída más dura de la acción fue por el fuerte rebote de la caída anterior. Pese al grupo de asesores dirigir aquel gigante no era tarea fácil pero por suerte recaía en tres cabezas. Raquel, Tere y yo formábamos una triada que fue capaz de manejar el timón en los días de tormenta que siguieron.

Un año más tarde nos cogimos al fin unas merecidísimas y cortas vacaciones. Fue entonces cuando Raquel nos dio la noticia:

—Quiero ser madre. No me miréis así, no me vuelvo más joven. Lo he pensado bien, diremos que me he fecundado con esperma congelado de tu padre y a efectos de todo el mundo será tu hermanastro.

Una emocionada Tere la abrazó diciendo:

—¡Estoy tan feliz por ti cariño!, Lo vamos a querer con locura, ¿no es así Alejandro?

—Sí..., claro que sí.

—¿Es que no te alegras? —Se quejó Raquel.

—Sí, es solo que no me lo esperaba así tan rápido.

—A veces me olvido que solo eres un crío, mi dulce nene. No te preocupes que Tere y yo te seguiremos mimando.

—Claro que sí, eres nuestro nene. —Añadió Tere burlona.

Lo dejé estar, cualquiera se mete con dos mujeres.

EPÍLOGO

Ha pasado ya una década, poco queda del crío que odiaba a su madrastra. Estamos de vacaciones los cinco en Nueva York, Mi madrastra Raquel y mi esposa Teresa, mis dos mujeres y mis hijos David, el mayor y Alex, el pequeño hijo de Teresa. Somos una familia diferente, ni mejor ni peor. Tenemos nuestros días buenos y también malos. Pero somos felices así, sí volviera atrás tal vez evitaría alguno de mis muchos errores pero no cambiaría nada de lo que me ha llevado aquí..., bueno sí, habría contratado los servicios de un porteador para no ir cargado como un mulo con las bolsas de ropa de mis mujeres. ¿Porqué les gustará tanto?

FIN

ACERCA DEL AUTOR

Nací en España, en la bonita isla de Mallorca donde resido en la actualidad. Soy un profesor de secundaria de ciencias de mediana edad, lector empedernido desde mi infancia me permite volar con mi imaginación a lugares imposibles.

Comencé a escribir en un momento de cambio en mi vida: la crisis de la mediana edad tal vez. Descubrí el placer catártico de la escritura y me lancé a autopublicarme porque sentía la necesidad de compartir lo escrito, sin otra aspiración porque es algo que me llena.

Me gusta escribir comedia romántica y erótica en la categoría chick lit porque me gusta el amor y creo que el sexo es una parte importante de las relaciones, y es el amor el que lo dota de esa categoría sublime que lo lleva a otro nivel.

Felizmente casado y con una maravillosa hija a pesar de su adolescencia. Soy un soñador que no desea renunciar a viajar a lugares y tiempos remotos con la imaginación.

Sam Green